GÜNTER HUTH

Der Schoppenfetzer und seine mörderische Weihnacht

W0347751

GÜNTER HUTH

Der Schoppenfetzer und seine mörderische Weihnacht

Skurrile Geschichten
des Würzburger
Ex-Kommissars
Erich Rottmann

echter

Inhalt

Rottmann wartet auf das Christkind

Erich Rottmann stopfte sich genüsslich seine Pfeife und legte sie auf dem Couchtisch zurecht. Heute war Heiligabend. Der pensionierte Leiter der Würzburger Mordkommission würde dieses Jahr den Abend bei Elvira Stark, seiner ehemaligen Jugendfreundin verbringen. Eine Einladung, die Rottmann ausnahmsweise einmal gerne angenommen hatte. Natürlich befürchtete er insgeheim, dass Elvira seine weihnachtliche Stimmung ausnutzen könnte, um wieder einmal seine Junggesellenburg zu stürmen. Aber: Die Alternative, das Christfest alleine verbringen zu müssen, war eine so bedrückende Aussicht, dass er es wagte, sich den „Fallstricken Evas" zu stellen.

Wie Elvira ihm gesagt hatte, wollte sie ihn allerdings nicht vor 18 Uhr sehen. Die erforderlichen Vorbereitungen wollte sie ungestört von seinen Kommentaren erledigen, hatte sie erklärt. Vorbereitungen, die, so konnte sich Rottmann vorstellen, viel mit leiblichen Genüssen und Gaumenfreuden zu tun haben würden.

So verordnete sich Erich Rottmann ganz einfach einen gemütlichen Lesenachmittag auf der heimischen Couch. Seiner Meinung nach, in Verbindung mit einem schönen Schoppen und einem Pfeifchen, eine ausgezeichnete Vorbereitung auf das Christfest.

Er hatte da kürzlich ein Buch mit weihnachtlichen Kriminalgeschichten geschenkt bekommen, das er sich jetzt zur Einstimmung auf den Abend zu Gemüte führen wollte. Weihnachten und Krimigeschichten. Passte das überhaupt zusammen? Rott-

mann musste bei dem Gedanken schmunzeln. Für ihn schon. Der pensionierte Kriminalbeamte war richtig neugierig, was ihn da erwarten würde. Vorher war aber noch die schwierige Frage zu klären, in Gesellschaft welchen Weines er diesen gemütlichen Nachmittag verbringen sollte.

Um in dieser schwierigen Frage eine Entscheidung treffen zu können, musste Rottmann sich erst mal seine Vorräte näher betrachten. Langsam schlenderte er hinaus in die Küche und öffnete den Kühlschrank. Prüfend betrachtete er die Bocksbeutel, die er dort kühl gestellt hatte. Schließlich schüttelte er den Kopf.

„Öchsle, was meinst du? Zum gemütlichen Krimi-Nachmittag passt eigentlich mehr ein Roter."

Öchsle, sein verständiger Vierbeiner, Freund und Helfer bei zahlreichen Kriminalfällen, saß erwartungsvoll neben ihm und sog die wunderbaren Gerüche aus dem Schrank in die Nase. Freudig wedelte er mit dem Schwanz.

Hier muss man wohl annehmen, dass es zwischen Herrchen und Hund ein gewisses Kommunikationsproblem gab und Öchsles Freudenäußerungen auf einem Irrtum beruhten. Dazu sollte der geneigte Leser wissen, dass Öchsle offene Kühlschranktüren nun einmal grundsätzlich mit Futter und Fressen verband. Sein Herrchen im Grundsatz natürlich auch, doch war Rottmann etwas flexibler und unterschied zwischen flüssiger und fester Nahrung.

Als er den Kühlschrank wieder schloss – aus Öchsles Sicht ohne vernünftiges Ergebnis – und in Richtung Speisekammer marschierte, sah ihm sein Hund enttäuscht hinterher. Menschen waren manchmal schrecklich wankelmütig! In der Speisekammer lagerte Rottmann einen gewissen Vorrat fränkischer Rotweine, die dort ihre richtige Trinktemperatur hielten.

Erich zog nachdenklich seine Breitcordhose an den Hosenträgern über den Bauchansatz, dann hatte er sich entschieden. Ein Retzstadter Schwarzriesling vom Langenberg sollte es sein. Schön blutrot, wie es eben zu einem Krimi passte.

Nachdem die Pfeife brannte und der Wein im Glas rubinrot leuchtete, legte der Kommissar seine Füße hoch, schnappte sich das Buch von der Couch und schlug es langsam auf. Öchsle rollte sich unterdessen etwas frustriert an Rottmanns Füße zusammen. Die Erfahrungen mit seinem Menschen hatten ihn gelehrt, dass der in der nächsten Zeit die eingenommene Position nur unwesentlich ändern würde. Zeit für ein Nickerchen um Kräfte zu sparen – bei der mageren Ernährung!

Rottmann schlug unterdessen langsam die ersten Seiten auf und begann zu lesen ...

Weihnachtsfrieden

Christian Brandlöffler und Manfred – genannt Freddy – Wildreiter waren seit einigen Monaten Nachbarn in dem Anwesen Rimparer Straße 1/2 im Würzburger Stadtteil Grombühl. Das hieß, sie wohnten auf dem selben Stockwerk. Das Anwesen war ein ordentliches Haus mit acht ordentlichen Mietparteien ... nun, besser gesagt, sieben ordentlichen Mietparteien, wie man sehen wird.

Christian Brandlöffler, von Beruf Einbalsamierer im Beerdigungsinstitut *Himmelsruhe*, war ein friedfertiger, gesetzestreuer Bürger, zahlte stets pünktlich seine Steuern, das Kirchgeld und spendete für die Erhaltung der Biotope der roten Waldameise. Er war zuverlässiger Kirchgänger, trank keinen Alkohol, wenn er Auto fahren musste, duschte regelmäßig, hängte seine Kleidungsstücke täglich nach der Arbeit ordentlich auf Kleiderbügel und grüßte im Treppenhaus die Nachbarn. Er zahlte fristgerecht seine Miete, erledigte zuverlässig und ordentlich die Aufgaben, die ihm aus der Hausordnung und dem Mietvertrag erwuchsen – und hielt sich auch sonst an die Regeln.

Alles Eigenschaften, die auf Freddy Wildreiter, von Beruf unterschätztes Genie, dem Mieter der anderen Wohnung auf diesem Stockwerk, überhaupt nicht zutrafen. Brandlöffler und Wildreiter waren, das konnte man ohne Übertreibung sagen, auf vielen, wenn nicht auf allen Gebieten gegensätzlich wie Feuer und Wasser.

Während Brandlöffler ein zölibatäres, asketisches Leben führte, genoss Wildreiter das seinige aus vollen Zügen. So manche Nacht oder auch am Wochenende, wenn Brandlöffler den Mittagsschlaf pflegen wollte, konnte er nicht die erforderliche Ruhe finden. Das Problem bestand darin, dass sein Schlafzimmer mit dem seines Nachbarn Wand an Wand lag. Schon kurze Zeit nachdem Wildreiter im Frühjahr eingezogen war, konnte Brandlöffler die verschiedenen weiblichen Eroberungen, die Wildreiters Wohnung bevölkerten, an ihren Lustschreien identifizieren. Nur Wildreiters Brunftgeschrei blieb immer gleich, egal, welche Dame er gerade beglückte: „Oh Mann, ooohhh Mann, ooohhh Mann ...!“ In ständigen, sich lautstärkemäßig steigernden Wiederholungen, bis er *es* dann irgendwann geschafft hatte ... und Brandlöffler aufatmen konnte.

Brandlöffler fiel nach einer Zeit auf, dass diese zwischenmenschlichen Kontakte offenbar auch immer häufiger unter Tags stattfanden, wenn er noch im Beerdigungsinstitut war.

Das störte Brandlöffler erheblich, weil immer dann, wenn er müde von der Arbeit nach Hause kam, Wildreiters „Sportpartnerinnen“ bereits bei ihrem Lover weilten – und vorbei war es mit der Feierabendruhe. Abendessen mit „ooohhh Mann“, Nachrichten mit „ooohhh Mann“, Abendprogramm mit „ooohhh Mann“ – es war zum Auswachsen. Die Reißfestigkeit von Brandlöfflers Geduldsfaden wurde auf eine harte Probe gestellt.

Durch Zufall erfuhr Brandlöffler im Treppenhaus den Grund für die veränderten „Trainingszeiten“. Bei der Erledigung der Großen Hausordnung wurde er ungewollt Zuhörer, als die Meyer'sche aus dem Dachgeschoss der Frau Niederdeichler aus dem Parterre erzählte, dass im Augenblick in Würzburg kein Bedarf für Genies bestand und Wildreiter deshalb arbeitslos war.

Im November bot sich Brandlöffler die Gelegenheit, seinen Nachbarn auf diese Problematik anzusprechen. Sie trafen sich zufällig am Müllcontainer, wo Wildreiter einen Schwung Flaschen entsorgte. Zunächst machte Brandlöffler ihn freundlich darauf aufmerksam, dass in dieser Stadt korrekterweise Mülltrennung angesagt sei, was der junge Mann mit einem abschätzigen Schniefen beantwortete. Als ihn Brandlöffler dann auch noch darum bat, bei geräuschvollen Freizeitaktivitäten die mietvertraglichen Ruhezeiten einzuhalten, wurde Wildreiter schnippisch. Er nuschelte etwas von „altem Spanner" und „vertrocknetem Korinthenkacker", dann ließ er seinen Nachbarn einfach stehen.

Das fand Brandlöffler nun gar nicht korrekt, beschloss aber, um des lieben Friedens Willen, die Sache vorerst auf sich beruhen zu lassen. Er kam aber nicht umhin, in seinem Innersten eine nur schwer kontrollierbare Emotion zu registrieren, die man korrekterweise durchaus als Wut bezeichnen konnte. Vorerst köchelte sie leise vor sich hin.

Eine Woche vor Weihnachten begann Wildreiter damit, seine diversen zwischenmenschlichen Aktivitäten mit weihnachtlichen Klängen zu untermalen. Vornehmlich strapazierte er Jingle Bells – wohl wegen des hilfreichen Rhythmus´.

Brandlöffler, der sich über die Weihnachtsfeiertage Urlaub genommen hatte, kam langsam an die Grenze seiner Toleranz, der in ihm aufgestaute Dampfdruck suchte nach einem Ventil.

Als stiller Genießer liebte er es, sich in der Adventszeit ein schönes Glas Wein einzuschenken und beispielsweise dem

Weihnachtsoratorium von Bach zu lauschen. Obwohl er sich hierzu Kopfhörer aufsetzte, dröhnten die Jingle Bells gnadenlos dazwischen, untermalt vom brunftigen „ooohhh Mann".

Brandlöffler fand dieses Verhalten nun wirklich extrem unkorrekt und einfach nicht mehr akzeptabel.

Wenige Tage vor Weihnachten bekam Wildreiter wieder Besuch. Zu Brandlöfflers Verwunderung fielen aber diesmal die erwarteten Lustschreie aus. Stattdessen kam es in der Nachbarwohnung zu einem heftigen Streit. Eine Frau und Wildreiter schrien sich so laut an, dass Brandlöffler Satzfetzen mit anhören musste. Wenn er richtig verstanden hatte, nannte die Dame des Herzens auf dem Höhepunkt der Auseinandersetzung Wildreiter einen hirnlosen Macho – kurze Zeit darauf knallte die Haustür der Nachbarwohnung.

Dieser Tag zeichnete sich durch eine herrliche Ruhe aus.

Brandlöffler hatte wenig später die Gelegenheit, die Problematik Wildreiter mit Willi Friedrich zu besprechen, einem pensionierten Polizeibeamten, der zwei Stockwerke über ihm wohnte. Nicht nur der Polizeibeamte hatte den lauten Streit mitbekommen. Auch andere Hausbewohner sprachen, so Friedrich, ziemlich ungehalten darüber.

Friedrich besaß einen Foxterrier, den er täglich mehrfach im nahen Wald spazieren führte. Als ordentlicher Bürger vermied er es dadurch, die städtischen Ordnungsorgane durch abgesetzten Hundekot zum Einschreiten zu zwingen.

Bei einem dieser Spaziergänge war Brandlöffler, der wegen der gesunden Luft ebenfalls gelegentlich durch den Forst spazierte, Friedrich begegnet und sie waren ins Gespräch gekommen. Friedrich war als Ordnungshüter ein alter Haudegen und dachte pragmatisch. „Wenn der Kerl sich nicht an die Ordnung hält, muss man halt mal die Kollegen rufen, die werden ihm dann schon seine Brunftschreie austreiben."

Den Heiligabend hatte Brandlöffler, wie alle Jahre, sorgsam geplant. Zuerst würde er sich ein leckeres Abendessen kochen. Er dachte an Karpfen blau, auf Gemüsebett mit Petersilienkartoffeln, dazu einen trockenen Grauburgunder. Anschließend würde er die Weihnachtsgeschichte aus dem Neuen Testament lesen und danach sein Geschenk öffnen, das er sich, wie alle Jahre, selbst gekauft hatte. Natürlich wusste er, was drin war. Aber er hätte es als nicht der Tradition entsprechend empfunden, wenn er Heiligabend nichts zum Auspacken gehabt hätte. Selbstverständlich hatte er auch einen kleinen Christbaum aufgestellt – aus Kunststoff, nicht nadelnd und leicht aufzubewahren. Die kleinen Lämpchen am Baum vermittelten echte Weihnachtsstimmung. Nach der Bescherung würde er sich dann als Ohrenschmaus ein Hörnerkonzert gönnen, bis es schließlich Zeit für die Christmette wäre. Auch eine Tradition, an der Brandlöffler eisern festhielt.

Alles hätte wunderbar geklappt ... wenn nicht Wildreiter gewesen wäre.

Fast genau um 18 Uhr, als Brandlöffler gerade sein Abendessen zelebrieren wollte, ging es in der Nachbarwohnung los. Jingle Bells exzessiv, „ooohhh Mann" im Gegentakt rappend.

Brandlöffler legte heftig das Besteck zur Seite, schloss die Augen und knirschte mit den Zähnen. Das war mehr, als man einem geduldigen Bürger zumuten konnte!

Er stand auf, verließ die Wohnung und klopfte gegen Wildreiters Wohnungstüre. Der Kerl musste zur Raison gebracht werden! Der Weihnachtsfrieden war heilig!

Merkwürdigerweise öffnete der Nachbar schnell. Es schien

fast, als hätte er hinter der Türe gewartet. Grinsend sah er Brandlöffler an: „Na, Herr Nachbar, was haben wir denn wieder einmal auf dem Herzen?“

Brandlöffler registrierte beiläufig, dass der Atem des Mannes heftig nach Alkohol roch. Er war vollständig angezogen. Ein Umstand, der selbst Brandlöffler merkwürdig vorkam. Und dann verschlug es ihm für einen Moment die Sprache ... aus der Wohnung schallte noch immer die laute Musik und mit barbarischer Lautstärke das rhythmische „ooohhh Mann“, obwohl der vermeintliche Verursacher dieser Laute hier mit ihm sprach.

Brandlöffler sah das hämische Grinsen seines Gegenübers und es kam ein schrecklicher Verdacht in ihm hoch. Ehe sich Wildreiter versah, wurde er mit einer Kraft, die er Brandlöffler gar nicht zugetraut hätte, zur Seite gedrängt. Der erboste Mann betrat ungefragt die Wohnung – eine für Brandlöffler normalerweise undenkbare Handlungsweise – und näherte sich harten Schrittes der Quelle des Lärms, dem Schlafzimmer Wildreiters.

Was der gute Brandlöffler da sehen musste, trieb ihm schlagartig den Blutdruck in die Höhe und den Adrenalinspiegel auf Spitzenwerte. An der Wand, die an sein Schlafzimmer angrenzte, standen, mit der Schallöffnung gegen die Trennwand gerichtet, zwei riesige Boxen einer Musikanlage. Beide waren an einen DVD-Player angeschlossen, dessen Kontrollleuchten heftig blinkten. Es dauerte einen Moment, bis Brandlöffler die Ungeheuerlichkeit kapierte. Die Melodie und die Brunftschreie kamen aus den beiden Lautsprechern!

„Na, Opi“, grunzte Wildreiter, „hast du es endlich geschnallt?“ Er kicherte angetrunken. „Ist doch cool ... oder?“ Er schlug seinem Nachbarn kumpelhaft auf die Schulter, dass dem der Schmerz bis in die Wirbelsäule fuhr.

Christian Brandlöffler erstarrte zur Salzsäule. Was bildete sich dieses Individuum eigentlich ein? Der angestaute Dampf in seinem Inneren brach sich explosionsartig Bahn!

Wortlos machte Brandlöffler einen schnellen Schritt auf das Bett zu, über dem an einer Halterung ein Samuraischwert hing. Mit einer zügigen Bewegung packte er das Schwert am Griff und hob es von den Haken, auf denen es nur lose auflag.

„Hey, Opi, jetzt bleib mal cool .", krächzte Wildreiter und wollte seinem Nachbarn in den Arm fallen. Der gab dem Mann einen Stoß, dass er auf das Bett taumelte. Während Wildreiter noch versuchte, wieder in die Senkrechte zu kommen, riss Brandlöffler das Schwert aus der Scheide, fasste den Griff mit beiden Händen, hob es über seinen Kopf und ließ die Schneide mit Wucht mitten auf den Schädel des Mannes herabsausen.

Es gab ein unschönes, knirschendes Geräusch, als würde ein trockenes Scheit Holz gespalten, dann sank Wildreiter tödlich getroffen auf das Bett zurück. Er zuckte noch einige Mal unkontrolliert zum Rhythmus des „ooohhh Mann", dann lag er ruhig und sein Blut tränkte das schmuddelige Bettlaken.

Brandlöffler betrachtete die Unordnung, die er verursacht hatte. Er hasste es, solche Schweinerei anzurichten. Das ging ganz einfach gegen sein Berufsethos.

Schließlich bückte er sich und hob ein am Boden liegendes T-Shirt auf. Er wischte den Griff des Schwertes gründlich ab, dann warf er es neben der Leiche auf das Bett. Mit der Scheide verfuhr er ebenso. Schließlich drückte er mit dem geschützten Finger auf den Ausschalter des DVD-Players. – Die Ruhe war einfach göttlich.

Nachdem Brandlöffler sicher war, dass er keine Fingerabdrücke hinterlassen hatte, warf er das T-Shirt wieder auf den Boden, öffnete mit einem Taschentuch die Wohnungstüre und lauschte. Im Treppenhaus war niemand unterwegs. Kein Wunder, es war Heiligabend.

Brandlöffler verschwand wieder in seiner Wohnung. Um Wildreiter machte er sich keine weiteren Gedanken. Wenn irgendwann irgendjemand seine Abwesenheit bemerkte und die Polizei verständigte, würde man sich im Haus des Streits des Mannes mit seiner Freundin erinnern und sicher seine Rückschlüsse daraus ziehen.

Der Karpfen war zwar ein bisschen abgekühlt, aber das war kein Problem. Die Petersilienkartoffeln schmeckten ausgezeichnet und der Grauburgunder rundete das Geschmackskaleidoskop ab.

Nachdem er das Geschirr in die Spülmaschine gestellt hatte und die Wohnung wieder korrekt und sauber war, setzte er sich ins Wohnzimmer, schaltete die heimelige Beleuchtung des Weihnachtsbaumes an und ließ Mozarts Hörner erschallen. In der Stille des Hauses kamen die weihevollen Klänge voll zur Geltung. Die Weihnachtsgeschichte war vertraut und trotzdem fühlte er sich, wie jedes Jahr, von ihr besonders angerührt.

Langsam öffnete er dann das Geschenkpäckchen. Wie jedes Jahr hatte er sich einen Terminkalender geschenkt. Korrekte Terminplanung war ein wesentlicher Bestandteil seines geordneten Lebens. Als die Zeit gekommen war, zog er sich ordentlich an, verließ das Haus und machte sich auf den Weg in die Christmette. Seine Welt war wieder ordentlich und korrekt – und wie bestellt, begann es leicht zu schneien. Wie es seine Ordnung hatte an Weihnachten.

Ein offener Schluss. Erich Rottmann mochte solche losen Enden, die den Leser dazu zwangen, seine eigene Phantasie zu bemühen. In der Realität würde die Polizei früher oder später dem guten Mann sicher auf die Schliche kommen. Er, Rottmann, hatte früher seine ganz speziellen Methode, derartig knifflige Fälle zu lösen.

Er überlegte, wie es wäre, wenn hier in dem Haus in der Würzburger Rosengasse, in dem er wohnte, so ein rücksichtsloser Mensch leben würde, dem es Spaß macht, seine Mitmenschen zu ärgern.

Unwillkürlich musste Rottmann grinsen. Er stellte sich gerade die alte Müllerthan aus dem Stockwerk über ihm vor. Sie würde dem Störenfried derart die Leviten lesen, dass er in keinen Schlappen mehr passen würde. Sie war früher mal Marktfrau gewesen und hatte ein urfränkisches Schandmaul!

Erich Rottmann öffnete seinen Hosenbund, damit er es etwas bequemer hatte. Nachher würde er die andere Hose mit dem Dehnbund anziehen. Mit Sicherheit würde es bei Elvira reichlich zu essen geben. Und wehe er langte nicht kräftig zu, dann war sie gleich beleidigt.

Eine Aussicht, die ihn durchaus froh stimmte. Er blätterte um und las die Überschrift der nächsten Geschichte ...

Das Lächeln des Geigers

Die Atmosphäre des Würzburger Weihnachtsmarktes war, wie alle Jahre, geprägt von hetzenden Menschen auf der Suche nach all den vielen kleinen und großen Überflüssigkeiten, die – zumindest nach Meinung der Kaufleute – für ein beglückendes, besinnliches Weihnachtsfest unabdingbar waren.

Eingehüllt in eine Glocke aus Weihnachtsstimmung aus der Konserve, der angespannten Aura gestresster Verkäuferinnen und dem Duft von gebrannten Mandeln, Glühwein und Bratwürsten schlenderte Kriminalkommissar Mohrmann am Falkenhaus vorbei über den oberen Markt seiner Stadt.

Obwohl er dienstlich unterwegs war, quälte ihn, ausgelöst durch die vielen geruchlichen Reize, die auf seine Geschmacksknospen trafen, ein höchst privater Appetit. Kurz entschlossen kaufte er sich, um die ärgste Not zu lindern, eine Tüte gebrannter Mandeln. Dadurch konnte er einerseits seine Gelüste dämpfen und wirkte andererseits wie ein ganz normaler Weihnachtsmarktbesucher, was eine ausgezeichnete Tarnung abgab.

Schließlich war der Polizeibeamte nicht zu seinem Privatvergnügen hier. Zusammen mit zwei weiteren Zivilbeamten des Diebstahlreferats waren sie auf dem Weihnachtsmarkt unterwegs, um einer Bande von Taschendieben das Handwerk zu legen, die seit einigen Tagen in der Stadt ihr Unwesen trieb. Wie ihnen vom Landeskriminalamt mitgeteilt worden war, handelte es sich um eine straff organisierte Bande aus dem Osten. Ihre Mitglieder wurden von Gruppenführern geleitet. Diese fuhren mit ihren Leuten mit Campern von einer großen Stadt zur nächsten, luden sie dort aus und schickten sie zum Stehlen. Es war bekannt, dass die einfachen Mitglieder wie Sklaven gehalten wurden und das gestohlene Geld täglich abzuliefern hatten. Genau genommen waren es bedauernswerte Menschen, die aus ärmsten Verhältnissen kamen. Mit der Hoffnung auf ein etwas besseres Leben begaben sie sich in die Fänge dieser Banden – und wurden dort gnadenlos ausgenutzt. Aussteigen gab es nicht. Wer Probleme machte, wurde bestraft. Verstümmelungen waren üblich. Diese Menschen wurden dann skrupellos als Bettler eingesetzt.

Vor zwei Tagen hatte Mohrmanns Abteilung den Hinweis erhalten, dass die Bande in der Stadt eingefallen war. Schon kurze Zeit später kamen die ersten Anzeigen von Bürgern, denen man auf dem Markt die Geldbeutel entwendet hatte.

Wegen seines Schlendergangs immer wieder von eiligen Passanten angerempelt und mit ärgerlichen Blicken bedacht, bewegte sich der Kriminalbeamte durch die Menschen. Seine Augen waren überall. Seine besondere Aufmerksamkeit galt größeren Menschenansammlungen, beispielsweise an den dicht umdrängten Glühweinbuden, weil die Diebe dort besonders leichtes Spiel hatten. Es war schon erstaunlich, wie viele Menschen am hellen Werktag Unmengen Glühwein in sich hinein schütteten.

Während er über den Platz bummelte und die Menschen beobachtete, geriet er etwas ins Philosophieren. Jede Menge wohlgenährte und gut gekleidete Menschen drängelten sich hier, beherrscht von der großen Sorge, welches Geschenk sie ihren Lieben, Freunden und Bekannten machen könnten, um ihnen zum Weihnachtsfest eine Freude zu bereiten. Eine der wesentlichsten Fragen bestand darin zu überlegen, was der eine oder andere noch brauchen könnte – weil er doch schon alles hatte. Das Geschick bestand darin, die Nischen zu entdecken, die geschenktechnisch noch nicht besetzt waren.

Unwillkürlich sah Mohrmann auf, weil er in seiner Nähe das Jaulen eines Hundes hörte.

Der Kommissar runzelte die Stirne. Auch so ein Widersinn. Angeblich von ihren Besitzern geliebt, schleppten diese die armen Vierbeiner mit einer kaum nachvollziehbaren Rücksichtslosigkeit an ihren Leinen durch diesen Wald von Beinen und Schuhen. Marterwerkzeuge für die nackten Pfoten der Lieblinge.

Mohrmann sprach diskret durch sein Mikrofon, das versteckt an der Innenseite seiner Jacke befestigt war. Er teilte den Kollegen seinen Standort mit und erklärte, dass er sich nunmehr zum unteren Markt begeben würde. Sie mussten hin und wieder ihre Standorte ändern, um von eventuellen Beobachtern der Bande nicht als Polizeibeamte enttarnt zu werden.

Schon an der ersten Ecke, am Eingang der weihnachtlich geschmückten Schustergasse, die vom Marktplatz abging, stand ein junger Mann. Sein Alter schätzte er auf irgendwo Mitte Zwanzig. Es war unschwer zu erkennen, dass er ethnisch einer östlichen Bevölkerungsgruppe angehörte. Seine Kleidung war nicht ärmlich, aber sichtlich abgetragen. Sein Schuhwerk fest, sicher eher in eine ländliche Umgebung passend, denn in eine Stadt.

Vor ihm auf dem Boden stand offen ein leerer Geigenkasten. Das Instrument hatte der junge Mann zwischen Schulter und Kinn eingeklemmt. Mit der rechten Hand führte er den Bogen über die Saiten des abgenutzten Instruments.

Die Melodien kamen dünn, teilweise kratzend. Erst aus der Nähe waren sie als Weihnachtslieder identifizierbar. Schon nach wenigen Schritten gingen die feinen Töne im Weihnachtstrubel unter. Trotzdem bildete sich immer wieder eine kleine Traube Passanten, um ihm zu lauschen.

Mohrmann blieb in einiger Entfernung am Schaufenster einer Drogerie stehen und beobachtete im Spiegelbild das Geschehen um den Geiger.

Womöglich einer der menschlichen Köder, die die Bande über den Platz verteilt hatte, um Menschenansammlungen zu erzeugen, damit es die Diebe leichter hatten?

Unwillkürlich betrachtete der Polizist den jungen Mann genauer. Seine Bewegungsabläufe wirkten irgendwie automatenhaft. Während sich sein Oberkörper in immer gleichen Schwingungen von links nach rechts bewegte, beobachteten seine dunklen Augen die Menschen, die bei ihm stehen blieben.

Jetzt wusste er plötzlich, was ihn an dem jungen Burschen berührte. Obwohl von den Zuhörern nur wenige eine Münze in seinen Geigenkasten warfen, hörte er keinen Augenblick auf zu lächeln. Das Lächeln war in seine relativ weichen, fast femininen Gesichtszüge wie eingemeißelt. Nur wenn man genau hinsah, bemerkte man, dass dieses Lächeln in die untere Hälfte des Gesichtes verbannt blieb. Seine Augen blickten melancholisch, um nicht zu sagen traurig den vorüber eilenden Menschen hinterher.

Seine Mimik veränderte sich auch nicht merklich, wenn jemand tatsächlich eine Münze in seinen Kasten warf. Er senkte nur für einen Augenblick, in einer fast demütig wirkenden Bewegung den Oberkörper, ohne sein Spiel zu unterbrechen.

Das sich wenige Augenblicke später abspielende Szenario

hatte eine derart schnelle Bildfolge, dass sich Mohrmann erst darüber Gedanken machen konnte, als schon alles vorüber war.

Um den Stehgeiger hatte sich tröpfelnd eine Gruppe von ungefähr zehn Personen versammelt, darunter auch eine alte Dame, die mit einem Rollador, also einer Gehhilfe, unterwegs war. Während sie dem jungen Mann zuhörte, kramte sie in ihrer Einkaufstasche, die sie im Korb der Gehhilfe untergebracht hatte. Es sah so aus, als würde sie nach ihrem Geldbeutel suchen, um dem Geigenspieler etwas zukommen zu lassen.

Plötzlich kam von hinten, wie aus dem Nichts, ein junger Bursche, rempelte die alte Frau an, riss ihr die Tasche aus der Hand und rannte in Richtung Marktplatz davon.

Der Kriminalbeamte erfasste den dreisten Diebstahl sofort und spurtete ohne Zögern los, obwohl ihm schon in diesem Augenblick klar war, dass er eigentlich keine Chance hatte, den Täter zu erwischen. Die Wahrscheinlichkeit, dass dieser in der dichten Menschenmenge auf dem Platz untertauchen konnte, war groß.

Da geschah das Unerwartete. Während noch alle Passanten völlig tatenlos herumstanden und zu verstehen versuchten, was sich da vor ihren Augen abspielte, zuckte der Fuß des Geigenspielers ein kleines Stückchen vor – genau in dem Moment, in dem der Dieb an ihm vorüber flüchtete. Dabei hörte der junge Mann keinen Moment auf zu spielen und – er hörte auch nicht auf zu lächeln.

Der Dieb vollführte eine harte Bauchlandung. Ehe er sich wieder aufrappeln konnte, war Mohrmann heran und die Handschellen klickten.

Der Gauner sagte kein Wort. Mit trotzigem Blick reagierte er auf die Anfeindungen der Passanten. Aber als ihn die herbeigerufenen Streifenbeamten abführten, warf er dem Geigenspieler einen drohenden Blick zu.

Es war kurz nach Heiligabend, als Mohrmann durch einen Bericht in der Zeitung auf einen Leichenfund im Stadtwald aufmerksam wurde. Jäger hatten im Gebüsch den nackten Leichnam eines jungen Mannes entdeckt. Der Tote war dank der frostigen Temperaturen gut erhalten.

Da man den jungen Mann nicht identifizieren konnte, bat die Polizei um die Mithilfe der Bevölkerung. Es war zwar kein Bild in der Zeitung, aber die Beschreibung war so, dass Mohrmann sofort an den jungen Geiger auf dem Marktplatz denken musste. Er rief einen Kollegen vom Morddezernat an und teilte ihm seine Überlegungen mit. Eine Stunde später fuhren die beiden hinaus an den Rand der Stadt zum Institut für Rechtsmedizin. Man hatte ihn gefragt, ob er in der Lage sei, den unbekannten Toten zu identifizieren.

Trotz der todesbedingten Veränderungen erkannte Mohrmann den jungen Stehgeiger sofort. Was den Kriminalbeamten am meisten erschütterte: Er lächelte noch immer.

Auf seine Frage erklärte ihm der Rechtsmediziner, dass der Mann aus nächster Nähe erschossen worden sei. Als Mohrmann den beiden erzählte, woher er den Toten kannte, nickten die beiden nur.

„Vielleicht hatte er schon lange vorgehabt, dieser Sklaverei zu entkommen“, vermutete Mohrmanns Kollege, „und der Diebstahl an der alten Frau war nur ein letzter Auslöser. Ich fürchte, das werden wir nie erfahren. – Eins steht jedenfalls fest: diese Verbrecherbanden gehen mit Abtrünnigen gnadenlos um.“ Er machte eine bezeichnende Handbewegung in Richtung der Leiche.

Als Mohrmann auf das lächelnde Gesicht des Toten hinwies, zuckte der Beamte nur die Schultern. Der Rechtsmediziner erklärte: „Diese Banden verstümmeln Kinder und Erwachsene, um bei den Menschen Mitleid zu erwecken, damit sie mehr geben. Wahrscheinlich haben sie bei dem Mann hier in jungen Jahren die Gesichtsmuskulatur operativ entstellen lassen, so dass er immer dieses melancholische Lächeln zeigen musste."

Langsam deckte er wieder das Laken über die kalte Gestalt.

Nachdenklich verließen die beiden Kriminalbeamten das gerichtsmedizinische Institut.

Mohrmann wusste, dass kein Weihnachten mehr vergehen würde, an dem er nicht an das Lächeln des jungen Geigers denken würde

Erich Rottmann legte das Buch zur Seite und griff nach seinem Glas. Genüsslich nahm er einen ordentlichen Schluck, legte seinen Kopf auf das Polster zurück und ließ den Wein langsam durch die Kehle laufen. Der volle Geschmack des Schwarzrieslings schmeichelte seinem Gaumen.

Erst gestern war er über den Weihnachtsmarkt geschlendert. Allerdings ausnahmsweise ohne Öchsle – wegen der vielen Schuhsohlen, die den empfindlichen Pfoten eines Hundes gar nicht bekamen.

Auch ihm waren die vielen ausländischen Bettler aufgefallen, die dort an jeder Straßenecke die Hände aufhielten. Rottmann gab gerne einem Bedürftigen. Aber diese Drückerbanden unterstützte er nicht.

Er nahm einen tiefen Zug aus der Pfeife und entließ eine mächtige Dampfwolke gegen die Decke seines Wohnzimmers. Öchsle gab eine Serie von leisen, jaulenden Lauten von sich, unter-

brochen von verhaltenem Kläffen. Rottmann lächelte. Sein Hund träumte wieder mal. Manchmal fragte er sich, was sein Vierbeiner so im Schlaf erlebte. Es musste jedenfalls sehr intensiv sein.

Rottmann nahm das Buch wieder zur Hand und widmete sich dem nächsten Titel ...

Das ganz andere Weihnachtsfest

Der Schneefall war so dicht, dass die Scheibenwischer des Stuttgarter Luxuswagens die heranfegende weiße Flut kaum bewältigen konnten. Die Sicht war denkbar schlecht. Bankdirektor Schneider berührte die Frontscheibe seines Autos fast mit der Nasenspitze, um die nächsten paar Meter vor dem Kühler überschauen zu können.

„Bernd“, erklärte seine Frau auf dem Beifahrersitz zum wiederholten Male, „bitte sei vorsichtig! Man kann den Straßenrand gar nicht mehr sehen.“

Bernd Schneider winkte ab. Die ständigen Ermahnungen seiner Angetrauten gingen ihm in dieser speziellen Stresssituation gewaltig auf den Geist.

„Papi, ich habe Angst!“, kam es weinerlich vom Rücksitz. Corinna, die fünfjährige Tochter des Ehepaars Schneider, starrte verstört auf den dichten Vorhang aus dicken Flocken, die nur wenige Zentimeter vor ihrem kleinen Gesicht gegen die Seitenfenster des Wagens taumelten.

„Ist ja gut, Schätzchen“, versuchte Frau Schneider ihre Tochter zu beruhigen.

„Mann, jetzt mach dir doch nicht gleich in die Hosen“, regte sich ihr zehnjähriger Bruder Wolfgang auf, der neben ihr saß, „das ist doch nur Schnee!“ Seine äußere Reaktion entsprach aber keineswegs seinen Gefühlen. Ängstlich warf er der dritten Person, die mit ihnen hinten im Wagen Platz genommen hatte, einen vorsichtigen Seitenblick zu.

Der dritte Mensch auf dem Rücksitz, der direkt hinter Frau Schneider saß, hatte eine Pistole in der Hand. Gerade drückte er den Lauf Frau Schneider durch den Spalt zwischen den Vordersitzen hindurch in die Nierengegend.

„Du solltest auf deinen Alten hören“, zischelte der Mann, „dein Gemeckere geht mir auch ziemlich auf den Sack!“ Er drückte noch einmal kurz zu, so dass Frau Schneider leise aufstöhnte, dann lehnte er sich wieder zurück. An den unkontrollierbaren Zuckungen seiner Augenlider konnte man unschwer seine innere Anspannung erkennen.

Bei dem ungebetenen Fahrgast handelte es sich um Ottmar Krämer, einem vor kurzem wegen schweren Raubes zu einer langjährigen Freiheitsstrafe verurteilten Straftäter, der bei seiner Überführung vom Untersuchungsgefängnis in Würzburg in die Strafanstalt St. Georgen, Bayreuth, seinen Bewachern hatte entfliehen können. Dabei hatte er einen der Wächter niedergeschlagen und ihm die Dienstwaffe abgenommen, die er nun zur Einschüchterung der Menschen in dem Auto benutzte.

Heute war Heiligabend. Familie Schneider war am Morgen von Würzburg abgefahren, um ihr winterliches Urlaubsdomizil im Fichtelgebirge anzusteuern. Das Weihnachtsfest fern von Zuhause zu verbringen, hatte bei Schneiders eine lange Tradition. Auf diese Weise konnte man der Hektik und dem Stress dieser Tage entgehen.

Hätten die Schneiders allerdings geahnt, dass schon am ersten Rastplatz, den sie nur angesteuert hatten, weil Corinna auf die Toilette musste, plötzlich ein ungeladener Passagier mit einer scharfen Pistole in der Hand einsteigen würde, hätten sie sicher den Weihnachtsstress zu Hause vorgezogen. So endete die Fahrt auf Anweisung des ungebetenen Gastes bereits auf einer abgelegenen Nebenstrecke in der Nähe von Bamberg.

Plötzlich machte Herr Schneider eine heftige Bewegung und trat mit Wucht auf die Bremse. Wohl etwas zu wuchtig, denn die überforderten Profile der Reifen versagten den Dienst und der Wagen verwandelte sich in einen großen Schlitten. Er rutschte zwar sanft, aber unaufhaltsam zur Seite weg.

Frau Schneider rief noch entsetzt: „Mach doch was!“ Da hingen sie auch schon schräg im Straßengraben. Mit einem leichten Rucken gab der Motor seinen Geist auf und erstarb.

Für einen Augenblick herrschte entsetztes Schweigen, dann gab Bankdirektor Schneider einige unakademische Schimpfworte von sich und hieb auf das unschuldige Lenkrad ein. Schließlich erklärte er zornig: „Habt ihr es nicht gesehen? Da ist mir so ein verdammtes Reh direkt vor den Kühler gelaufen. Ich habe ganz instinktiv gebremst.“

„Halts Maul, Papi“, knurrte der Mann mit der Waffe wütend, „sieh lieber zu, dass du die Karre wieder flott bringst!“ Er unterstrich seine Forderung, indem er dem Bankdirektor mit dem Lauf der Waffe schmerzhaft auf das Schlüsselbein klopfte.

„Ich mach ja schon!“, entgegnete Herr Schneider erregt und drehte nervös am Zündschlüssel. Der Motor gab einige hustende Laute von sich, dann verstummte er wieder. Mehrere weitere Wiederbelebungsversuche des Fahrers blieben ebenfalls ohne Erfolg.

„Eine schöne Bescherung!“, stellte Frau Schneider mit schriller Stimme fest. „Wären wir nur auf der Autobahn geblieben, dann ...“ Es war offensichtlich, dass sie kurz vor einem Nervenzusammenbruch stand.

„Halt die Klappe!“, fauchte der Mann auf dem Rücksitz.

Nachdem die Heizung nicht mehr lief, wurde es im Wageninneren sofort merklich kühler.

Der Bankdirektor warf einen schrägen Blick nach hinten. „Was jetzt? – Soll ich den ADAC anrufen?"

Krämer tippte sich mit dem Lauf der Waffe an die Stirne. „Du hast wohl einen Riss in der Schüssel!" Er überlegte einen Augenblick, dann befahl er: „Gib mir mal dein Mobiltelefon …"

Wortlos holte Schneider sein Handy aus der Jackentasche und reichte es nach hinten. Krämer warf einen Blick auf das Display, dann bellte er: „Natürlich erst einschalten, du Depp!"

Diese Beleidigungen vor seiner Familie führten Schneiders Selbstbeherrschung bis an die äußerste Grenze. Mit vor Wut zitternden Fingern schaltete er das Telefon an, tippte die PIN ein und gab es dann wieder nach hinten.

Krämer drückte kurz auf der Tastatur herum, dann erschien auf seiner Stirne eine steile Falte. Aus dem Hörer des Telefons kam ein schrilles Piepen, dann war Ruhe.

„Verdammt! Kein Empfang!", schimpfte der Verbrecher, dann schleuderte er das Mobiltelefon zur Seite. Es prallte gegen das Fenster, dann fiel es zwischen die Sitze.

„… und jetzt?", wollte Schneider wissen.

„Halts Maul! Ich muss nachdenken!", fauchte er erregt. Wenn Krämer richtig wütend war, wurde es gefährlich. Er war Choleriker und ab einem bestimmten Grad konnte er sich nicht mehr kontrollieren.

„Mir ist kalt", jammerte Corinna kläglich.

„Leg' ihr bitte die Decke über", verlangte Frau Schneider von ihrem Sohn. Wortlos entfaltete der Junge eine Decke, die auf der Hutablage des Wagens lag und legte sie seiner Schwester und sich über die Beine.

„Wir sollten wirklich was unternehmen“, warf der Bankdirektor besorgt ein. „Ich fürchte, der Schneefall wird nicht so schnell nachlassen. Vorerst kommen wir nicht weiter. Das ist eine wenig befahrene Strecke. Die Schneepflüge werden wahrscheinlich erst die Hauptstraßen frei machen. Es wird nicht mehr lange dauern und die Temperatur sinkt auch hier drinnen unter Null Grad.“ Er machte eine kurze Pause. Als von hinten keine Reaktion kam, fuhr er fort: „Ich denke, wir sollten versuchen das nächste Dorf zu erreichen, sonst holen wir uns hier den Tod. Meiner Schätzung nach können es nur drei, höchstens vier Kilometer dorthin sein.“

„Du bist ja verrückt!“, rief seine Frau schrill und tippte sich an die Stirne. „Mich bringst du bei diesem Wetter nicht da hinaus!“

„Wir bleiben jetzt erst mal hier“, befahl der Räuber barsch. Wenn man allerdings genau hin hörte, konnte man seiner Stimme eine gewisse Unsicherheit entnehmen.

Schweigen trat ein. Es verging fast eine Stunde, in der die Insassen des Wagens nur durch die Fensterscheiben starrten und den dichten Schneevorhang betrachteten. Nach einiger Zeit ging auch das nicht mehr, weil die Scheiben zugeschneit waren.

Die Kälte drang durch die Kleider, obwohl sich die Schneiders längst ihre warmen Jacken angezogen hatten. Alle bis auf den Bankdirektor. Dessen Jacke hatte Krämer für sich in Anspruch genommen.

Plötzlich verlor Frau Schneider die Beherrschung: „Ich bekomme hier drinnen keine Luft mehr! Ich muss raus, sonst werde ich verrückt!“

„Wenn du nicht auf der Stelle die Klappe hältst, schmeiße

ich dich wirklich raus, du verwöhnte Zicke! Was glaubst du, wie lange du es da draußen machst? Geh mir also nicht auf den Sack!" Trotz der Wut zeigte Krämers Verhalten Unentschlossenheit.

Corinna begann zu weinen.

Fünf Minuten später gab Krämer den Befehl zum Aussteigen. „Aber keine Mätzchen, sonst knallt's!" Dieser Drohung hätte es nicht bedurft. Kälte und nasses Schneegestöber schlug ihnen entgegen, wodurch jede Flucht schon nach wenigen Schritten im Keim erstickt worden wäre.

Der Bankdirektor verschloss gewohnheitsmäßig mit der Fernbedienung den Wagen.

Krämer gab nach kurzer Überlegung die Richtung vor und sie marschierten los. Keines der gekidnappten Familienmitglieder hatte eine Vorstellung, warum ihr Widersacher ausgerechnet diese Richtung einschlug. Aber niemand muckte auf.

Herr Schneider hatte sich zum Schutz gegen die Kälte die Decke übergeworfen, weil Krämer seine Jacke trug.

Binnen kurzer Frist bedeckten die nasskalten Flocken die Menschen mit einer weißen Schicht. Sie rutschten in den Halsausschnitt der Jacken und hinterließen dort unangenehme Nässe.

Selbstverständlich war auch das Schuhwerk der Gruppe nicht auf eine winterliche Schneewanderung eingerichtet. Direktor Schneider dachte mit Wehmut an seine wasserdichten Winterstiefel daheim in der Garage. Frau Schneider rutschte ständig aus und auch den Kindern stand das Schneewasser bald in den Schuhen.

Krämer war der einzige, der einigermaßen festes Schuhwerk trug. Es stammte aus der Kleiderkammer der Haftanstalt.

Die Stimmung war am Tiefpunkt angekommen. Herr Schneider dachte ständig darüber nach, was passieren würde, wenn der Verbrecher sie hier einfach niederschoss und liegen ließ. Innerhalb einer Stunde würde man von ihnen nicht mehr finden, als ein paar niedrige Schneehügel.

Corinna weinte leise und ihr Bruder stapfte grimmig vor sich hin. In seiner Fantasie malte er sich aus, wie es wäre, wenn er den Kerl überwältigen könnte. Alle seine Überlegungen scheiterten aber an der Pistole.

Ein friedvolles Weihnachtsfest, fern vom Stress und Lärm der Großstadt hatten sich die Schneiders gewünscht – und jetzt das.

„Bernd", rief Frau Schneider plötzlich mit Panik in der Stimme, „ich spüre meine Zehen nicht mehr! Meine Füße sind wie abgestorben!"

„Du musst die Zehen in den Schuhen bewegen!", brüllte ihr Mann gegen das Toben des Sturmes. „Die Blutzirkulation muss angeregt werden."

„Mein Gott, vielleicht sind sie schon erfroren!", schrie sie entsetzt.

„So schnell geht das nicht", versuchte Schneider sie zu beruhigen. Er warf dem Verbrecher einen Seitenblick zu. Es musste vermieden werden, dass er einen von ihnen als lästigen Ballast ansah, der ihn bei der Flucht behinderte.

„Vielleicht sollten wir schneller laufen", schlug der Junge vor, „damit wir richtig warm werden."

„Ich kann doch nicht schneller!", weinte Frau Schneider. „Doch nicht mit diesen Schuhen!" In ihrem schneebehafteten Pelzmantel sah sie fast wie ein Eisbär aus. Ihre Frisur hing ihr nass und wirr ins Gesicht.

Wenn sie nur endlich still wäre, dachte Schneider.

„Grüß Gott!", drang in diesem Augenblick eine tiefe Stimme aus dem Schneegewirr. „Was macht ihr denn bei diesem Wetter hier draußen?"

Erschrocken fuhren die Mitglieder der kleinen Expedition zusammen. Krämer wollte in einem ersten Impuls seine Waffe hochreißen, ließ sie aber dann doch geistesgegenwärtig in der Jackentasche verschwinden. Er hielt sie aber schussbereit umklammert.

Vor ihnen, etwas seitlich versetzt, stand ein alter Mann. Auch seine Kleidung war vom Schnee bedeckt, weshalb er mit der Umgebung fast verschmolz. Deshalb hatten sie ihn auch nicht wahrgenommen. Er trug einen breitrandigen Hut und stützte sich auf einen Bergstock. Sein langer Bart war von Schneekristallen verzuckert.

„Ach, guter Mann, Sie schickt der Himmel", schluchzte Frau Schneider und wollte schon auf ihn zulaufen, als Krämer sich warnend räusperte. Sofort blieb sie stehen, als wäre sie gegen eine Mauer gelaufen.

„Das Wetter ist wirklich schlimm", fuhr der alte Mann anteilnehmend fort. Obwohl er nicht sonderlich laut sprach, drang seine sonore Stimme deutlich an die Ohren der Gruppe. Ohne auf die merkwürdige Reaktion von Frau Schneider einzugehen, fuhr er fort: „Am besten kommt ihr mit mir. Ich habe hier, einige hundert Meter im Wald, meine Jagdhütte. Dort könnt ihr euch aufwärmen. Einen heißen Tee gibt es da auch. Hier kann man sich ja den Tod holen."

Er wartete die Antwort der fünf frierenden Menschen nicht ab. Langsam drehte er sich um und stapfte vorneweg. Nachdem Krämer nicht widersprach, stolperten die Schneiders dankbar hinterher. Unvermutet tauchte die Hütte vor ihnen aus dem Schneegestöber auf. Es handelte sich, soweit man in dem Schneetreiben erkennen konnte, um eine typische Jagdhütte aus ganzen Baumstämmen gebaut. Schnell traten sie ein. Der einzige Raum war mit einem summenden Kanonenofen und alten, geschnitzten Möbeln ausgestattet. In einer Nische war eine Reihe Stockbetten eingebaut.

Den halb erfrorenen Stadtmenschen kam die Hütte wie ein Traum vor. Schnell entledigten sie sich ihrer nassen Oberbekleidung und wickelten sich in warme Decken. Auf dem Ofen stand ein Topf mit kochendem Wasser. Ihr Gastgeber verordnete Frau Schneider ein Fußbad, das ihre gefühllosen Zehen wiederbelebte. Mit dem übrigen Wasser brühte er einen heißen Tee und holte aus einem Schrank die Zutaten für eine kräftigende Brotzeit.

Krämer hatte sich merkwürdigerweise die ganze Zeit zurückgehalten. Als der Alte mal nicht hersah, ließ er die Pistole unter dem Hemd hinter dem Gürtel verschwinden. Aber, obwohl er nichts sagte, hing die Bedrohung durch ihn nach wie vor wie eine dunkle Wolke über den Schneiders und schüchterte sie ein. Herr Schneider hatte die Befürchtung, dass der Verbrecher dem alten Mann etwas antun könnte, wenn sie sich nicht konform verhielten. Krämer hatten sie als Patenonkel ihres Jungen vorgestellt, der Weihnachten mit ihnen verbringen wollte. Mit etwas verkniffener Miene hatte der Räuber diese Geschichte bestätigt.

Nachdem sich der Alte nach dem Essen eine Pfeife angezündet hatte, kam, zwar sehr zögerlich und sehr verkrampft, so etwas wie ein Gespräch auf. Corinna verlor ihre Zurückhaltung zuerst. Nachdem sie sich aufgewärmt hatte, erzählte sie dem

Alten den Grund, warum sie unterwegs gewesen waren. Vom Wunsch der Familie nach einem besinnlichen Weihnachtsfest und wie sehr ihr Vorhaben jetzt durch das Wetter vereitelt worden war.

Der alte Mann fuhr sich durch seine schlohweißen Haare. Genüsslich zog er an seiner Pfeife. „Wisst ihr", erzählte er schließlich nachdenklich, „ich ziehe mich schon seit Jahren von dem unerträglichen Weihnachtstrubel dort draußen hier in meine Jagdhütte zurück. Meine Kinder sind lange erwachsen und auf der ganzen Welt verstreut. Ich habe keine Familie mehr, mit der ich feiern könnte."

Er machte eine kurze nachdenkliche Pause, dann fuhr er fort: „Wenn ihr wollt, können wir den Christabend ja gemeinsam verbringen. Ich fürchte, ihr werdet heute nicht mehr weit kommen." Sein sprechender Blick ging zum Fenster, wo die Schneeflocken einen wilden Wirbel tanzten. Er sah die Schneiders fragend an.

Corinna war die erste, die sich äußerste: „Oh, ja, Papi, Mami, wir wollen hier bleiben. Hier ist es ja so gemütlich."

Sie kuschelte sich in ihre Decke und legte ihren Kopf an die Schulter ihres Vaters.

„Ich weiß nicht ...", zögerte der Bankdirektor. Sein Blick ging zu Krämer und die Ausbuchtung hinter seinem Gürtel.

„Sie können bei diesem Wetter mit Sicherheit nicht weiter", wiederholte der Alte und sah Krämer plötzlich mit seinen wasserblauen Augen durchdringend an.

Krämer zuckte mit den Schultern. „Von mir aus ... meinetwegen", brummelte er.

„Wir nehmen Ihre Einladung gerne an", erklärte Frau Schneider dankbar. Sie konnte sich beim besten Willen nicht vorstellen, noch einmal in die lebensfeindliche Kälte hinaus zu müssen.

Der alte Mann erhob sich langsam und sah sich überlegend um: „Ich denke, wir sollten versuchen, diese Hütte etwas weihnachtlich zu schmücken."

Plötzlich warf er sich seine Lodenkotze über und trat ohne eine weitere Erklärung in das Schneetreiben hinaus. Krämer eilte sofort nervös zur Tür, öffnete sie einen Spalt und warf einen Blick hinaus. Der Schneesturm blies ihm aber sofort Eiskristalle ins Gesicht, so dass er die Tür schleunigst wieder schloss.

„Der Alte spinnt!", war sein ganzer Kommentar.

Einige Zeit später kam ihr Gastgeber wieder zurück. In der Hand trug er eine junge Tanne, an der noch Schneereste hingen. „Damit sollte es wohl gehen", erklärte er schmunzelnd und drückte Krämer den Baum in die Hand. Der hielt die Tanne völlig überrumpelt fest.

Der alte Mann ging zum Schrank und wühlte in seiner Tiefe herum. Schließlich tauchte er mit einem alten Christbaumständer wieder auf.

„Wusste ich doch, dass ich noch so ein Ding hatte", brummelte er zufrieden. Mit Hilfe der Kinder, die ihm eifrig zur Hand gingen, stand der Baum bald auf dem Tisch.

„Hier müssen auch irgendwo noch ein paar Kerzen sein", murmelte der Alte und kramte in einer Schublade herum.

Während es draußen schnell dämmerte, schmückten die Schneiders den Christbaum mit einfachen Figuren, die sie gemeinsam aus gefaltetem Packpapier ausschnitten. Tannenzapfen aus der Feuerholzkiste wurden mit Bändern befestigt und aus Strohresten, die sie am Grund der Kiste fanden, bastelte Corinna ein paar Strohsterne.

Als sie endlich die Kerzen anzündeten, war es draußen bereits Nacht. Der alte Mann holte wie selbstverständlich vom Bord eine verstaubte Bibel und begann mit ruhiger Stimme die Weihnachtsgeschichte vorzulesen. Die Schneiders saßen um den Tisch und hörten schweigend zu. Selbst Krämer, der etwas zurückgezogen auf dem unteren Stockbett saß, konnte sich der Stimmung nicht verschließen. Eine tief empfundene Ruhe erfüllte plötzlich die Herzen der Anwesenden. Sie hörten nicht nur die Worte, die der alte Mann sprach, sie verstanden auch ihren Sinn. Für eine wunderbare Zeitspanne war alle Furcht von ihnen gefallen.

Der Bruder hatte seine kleine Schwester in den Arm genommen und gemeinsam sahen sie in die Flammen der Kerzen. Keine Sekunde vermissten sie den von Schmuck überladenen Weihnachtsbaum ihrer üblichen Weihnachtsfeste. Niemand dachte an die Geschenkpakete darunter, die sonst nach ihrem Verständnis der eigentliche Zweck des Heiligen Abends waren. Völlig zufrieden lauschten sie der ruhigen Stimme des alten Mannes, der die Geschichte von der Geburt des Christkinds vorlas und ließen sich bezaubern vom friedlichen Glanz der Kerzen.

Krämer hatte zwischenzeitlich diskret seine Pistole unter einem der Kopfkissen verschwinden lassen. Irgendetwas sagte ihm, dass er sie hier nicht benötigte.

Als der Alte verstummte, stimmte Frau Schneider wie selbstverständlich das Lied von der stillen Nacht an und die anderen fielen ein. Selbst der Räuber brummte kaum hörbar mit.

Kurze Zeit später sanken die Reisenden todmüde auf die Stockbetten und schliefen wie die Murmeltiere. Die Lichter am Baum verloschen. Krämer hatte sich auf das unterste Bett gelegt, wo er seine Waffe griffbereit hatte.

Der Alte blieb Pfeife rauchend in der Dunkelheit auf seinem Stuhl sitzen.

Als sie am nächsten Morgen erwachten, hatte es aufgehört zu schneien. Verwundert stellten die Schneiders fest, dass weder der Alte noch Krämer da waren. Sofort hatte Herr Schneider die Befürchtung, dass der Verbrecher dem alten Mann etwas angetan haben könnte. Er eilte zur Tür und sah hinaus.

Im jungfräulichen Schnee war eine menschliche Spur zu erkennen, die von der Hütte in den Wald hinein führte. Sonst war nichts zu sehen.

Sie nahmen von den Resten des gestrigen Abends ein Frühstück ein. Als dann noch immer niemand aufgetaucht war, beschloss Herr Schneider mit seiner Familie nach der Straße zu suchen. Vielleicht hatte es sich Krämer anders überlegt und hatte seine Flucht alleine fortgesetzt? Es war für die Familie wie eine Erlösung. Sie hinterließen dem gastfreundlichen Alten eine schriftliche Botschaft, in der sie ihm für seine Hilfe dankten. Sie würden sich bald erkenntlich zeigen.

Merkwürdigerweise dauerte es gar nicht lange, dann hatten sie einen Bauernhof gefunden, dessen Besitzer bereit war, den liegen gebliebenen Wagen aus dem Graben zu ziehen.

Während der Rest der Familie in einer Gastwirtschaft wartete, fuhr Herr Schneider auf dem Traktor mit hinaus zum Fahrzeug. Als der Bankdirektor dem Bauern die Geschichte von dem hilfsbereiten Alten aus der Blockhütte erzählte, schüttelte der nur verwundert den Kopf und warf dem Bankdirektor einen merkwürdigen Blick zu.

„Das ist unmöglich“, erklärte er schließlich, „die Hütte, von der Sie erzählt haben, ist schon seit Jahren verfallen. Dort wohnt kein Mensch mehr!“

Herr Schneider schüttelte den Kopf. „Das kann nicht sein! Wir sind doch nicht verrückt! Wir haben dort gegessen und geschlafen und den Heiligen Abend verbracht!“

Der Bauer sah Schneider an, als wäre er nicht richtig im Kopf. Dann fuhr er ohne weitere Erklärung in den Wald hinein.

Es dauerte nicht lange, dann kamen sie zu einer alten, halb verfallenen Hütte. Der Bauer hielt an: „Hab ich’s nicht gesagt.“

Bankdirektor Schneider, ein nüchterner Mensch der Zahlen, schüttelte nur stumm den Kopf. Er verstand die Welt nicht mehr.

Als sie an der Ruine vorbei fuhren, warf er einen Blick zurück. Auch die Spur, die er am Morgen vor der Hütte gesehen hatte, war verschwunden.

Jetzt erst fiel dem Bankdirektor auf, dass er den Alten gar nicht nach seinem Namen gefragt hatte.

Etwas sehr mystisch diese Geschichte, fand Rottmann. Aber wenn er so überlegte, trotzdem irgendwie zur weihnachtlichen Stimmung passend.
Nachdenklich sah er sich in seinem Wohnzimmer um. Irgendwie schien ihm das Licht der Deckenlampe plötzlich störend.

Etwas schwerfällig erhob er sich.

Öchsle war sofort hellwach und hob aufmerksam den Kopf.

„Bleib ruhig liegen“, beruhigte ihn sein Herrchen, „ich will es nur noch etwas stimmungsvoller machen.“

Der pensionierte Kriminalkommissar schaltete die große Beleuchtung aus und knipste stattdessen die Stehlampe neben der Couch an. Zusätzlich entzündete er eine Kerze auf dem Tisch, dann schenkte er sich nach. Funkelnd brach sich das Kerzenlicht im Weinglas und verlieh dem vollmundigen Roten einen feurige-

ren Schein. Wohlig grunzend ließ sich Rottmann wieder auf die Couch fallen, schob sich ein Kissen zurecht und legte wieder die Füße hoch.

Öchsle registrierte die Fortsetzung der Ruhephase und legte erneut den Kopf auf die Vorderläufe. Seine Lider sanken herab.

Rottmann stärkte sich am Wein, dann ergriff er wieder seine Lektüre …

Die besondere Weihnachtsüberraschung

Horst Meyer gab seiner Frau einen Kuss, dann schnappte er sich die Schlüssel vom Bord und wandte sich in Richtung Ausgang. „Schatz, ich bin sicher bis morgen zurück. Es kann allerdings Nachmittag werden." Er zögerte einen Augenblick, dann ergänzte er: „Es tut mir wirklich leid, dass ich dich heute am Heiligabend alleine lassen muss. Aber diese Japaner haben kein Verständnis für unsere christlichen Traditionen. Sie sind nur noch bis morgen in Frankfurt. ...und wenn ich mich weigern würde, den Termin wahrzunehmen, würde mir das der Chef gewaltig verübeln. Ich bin mittlerweile in einem Alter ..."

Monika Meyer winkte ab. „Ich weiß, ich weiß, wenn sie dich entlassen würden, wärst du für einen neuen Job nur noch schwer vermittelbar usw. usw." Sie ging vor und öffnete ihm die Haustür. „Fahr vorsichtig!" Nach einem kurzen Zögern fuhr sie fort: „Ich habe dir ein Geschenk in deinen Aktenkoffer eingepackt, damit du Heiligabend nicht ganz ohne Gedanken an mich verbringst."

„Das ist aber lieb, mein Schatz! Vielen Dank! – Jetzt muss ich aber los!" Er nickte ihr zu und verließ das Haus. Ratternd zog er den Aktenkoffer auf Rollen hinter sich her, in dem sich auch sein Gepäck für die Übernachtung befand.

Die Frau blickte ihrem Mann hinterher, bis er in der Tiefgarage verschwunden war. Langsam schloss sie die Haustüre.

Horst Meyer öffnete den Kofferraum seines geräumigen

Geschäftswagens und legte das Gepäckstück hinein. Nach kurzem Zögern und einem sichernden Rundblick hob er den Kofferdeckel und blickte hinein. Aus bestimmten Gründen musste er wissen, was ihm seine Frau da für ein Geschenk mitgegeben hatte.

Es war ein flaches, kleines Päckchen. Der Form nach konnte es eine CD sein. Horst Meyer brummte und verzog abschätzend den Mund. Monika war, was ihre Geschenkideen betraf, noch nie sonderlich phantasiebegabt gewesen. Wahrscheinlich wieder irgend so eine Zusammenstellung des Gedudels aus der volkstümlichen Hitparade, die sie so liebte – und er so hasste.

Nachdem er das Geschenkpapier entfernt hatte, kam die durchsichtige Hülle einer unbeschrifteten CD zum Vorschein. Verwundert zog er die Augenbrauen in die Höhe und las den kleinen Aufkleber mit der Handschrift seiner Ehefrau: „Eine besondere Weihnachtsüberraschung!"

Er warf einen Blick auf seine Armbanduhr. Es wurde Zeit, dass er losfuhr. Die CD nahm er mit in den Wagen und legte sie auf die Ablage. Dafür würde er noch Zeit haben.

Wenig später hielt er in einer kleinen Nebenstraße im Stadtkern. Kaum kam der Wagen zum Stillstand, löste sich eine Frau aus dem Schatten eines Bankgebäudes und kam auf sein Auto zu.

Es handelte sich um eine attraktive Mittdreißigerin, die einen kleinen Koffer bei sich hatte. Horst Meyer sprang aus dem Wagen und eilte auf die Frau zu, die ihn mit einem Lächeln begrüßte: „Du bist ja sogar pünktlich", stellte sie mit einem leicht ironischen Unterton fest. „Sie hat dich also fahren lassen …" Sie stellte sich auf die Spitzen ihrer High Heels, um ihm einen Kuss zu geben. Er drehte den Kopf, so dass sie nur die Wange traf. „Nicht hier! Wenn uns jemand sieht!"

Sie zog einen Schmollmund. „Du bist ein schrecklicher Feigling!"

Meyer bemühte sich, sie zu besänftigen, weil der Erfolg des geplanten Abends maßgeblich von ihrer guten Stimmung abhing. „Bitte, Eleonore, jetzt versteh' mich doch!"

Sie winkte einlenkend. Offenbar wollte auch sie die Stimmung nicht zerstören.

Er nahm ihr das Gepäck ab und verstaute es im Kofferraum, während sie sich auf den Beifahrersitz gleiten ließ. Bevor sie den Sicherheitsgurt schloss, warf sie mit einer temperamentvollen Geste ihr langes, hellblondes Haar zurück.

Eleonore Reger arbeitete seit ungefähr vier Monaten im Sekretariat von Horst Meyers Büro. Meyer hatte es die oftmals herausfordernde Art der selbstbewussten Frau schon vom ersten Tag an angetan. Seine Jagdinstinkte waren voll erwacht.

Er schlüpfte wieder hinter das Steuer, wobei er einen höchst interessierten Blick auf das großzügige Stück Oberschenkel warf, das der kurze Rock ihres Kostüms zur Beschau frei gab.

Sie warf ihm einen wissenden, schelmischen Seitenblick zu, sagte aber nichts.

Horst Meyer fuhr los und fädelte sich zügig in die Schlange der vorüberbrausenden Fahrzeuge ein. Jetzt musste er sich erst einmal auf den Straßenverkehr konzentrieren. Bei dieser präzisen gedanklichen Formulierung musste er unwillkürlich schmunzeln.

Zwanzig Minuten später befanden sie sich auf der Autobahn in Richtung Frankfurt. Gewohnheitsmäßig warf der Fahrer einen Blick auf die Tankanzeige.

„Merkwürdig", murmelte er, „ich habe doch vorgestern erst voll getankt und bin gestern kaum gefahren".

„Vielleicht ist die Anzeige defekt", stellte Eleonore fest. „Wir sollten am nächsten Rastplatz tanken. Ich habe nämlich keine Lust, Heiligabend auf dem Seitenstreifen der Autobahn zu verbringen."

„Keine Sorge, Nörchen", säuselte er, „in dreißig Kilometern erreichen wir die nächste Tanke, dann überprüfe ich das." Er nannte sie immer Nörchen, wenn sie alleine waren. Sie fand diese Abkürzung ihres Vornamens insgeheim zwar ziemlich blöde, sagte aber nichts. Wenn es Horst so gefiel? Beiläufig fiel ihr Blick auf die Ablage.

„Was ist das für eine CD?" Sie nahm sie in die Hand und las halblaut: „Eine besondere Weihnachtsüberraschung! Von deiner Frau?" Ein gewisser Unterton in ihrer Stimme veranlasste Horst Meyer zu einer abwiegelnden Bemerkung.

„Ja, schon, bestimmt irgendwelche schnulzige Volksmusik. – Wenn du willst, kannst du sie mal in den CD-Player schieben. du weißt, Nörchen, ich habe keine Geheimnisse vor dir!" Er schenkte ihr einen dackelartigen Seitenblick.

Für einen kurzen Moment zögerte sie. Irgendeine innere Stimme warnte sie davor, seinen Vorschlag zu befolgen. Dann nahm sie entschlossen die flache Scheibe heraus und schob sie in den CD-Player, der im Autoradio integriert war.

Ein bisschen bereute Horst Meyer sein Entgegenkommen nun schon. Schließlich hatte er keine Ahnung, was seine Ehefrau da fabriziert hatte. Hoffentlich nichts, was die Laune seiner Beifahrerin vermieste. Er hatte sich den Heiligen Abend durchaus mit einer kräftigen Prise Erotik vorgestellt. So gewissermaßen das Vorspiel zu „Ihr Kinderlein kommet", ohne entsprechend lästiges Nachspiel.

Die CD gab einige merkwürdige Laute von sich, dann ertönte unvermittelt die Stimme seiner Frau aus dem Lautsprecher. Sie klang sehr sanft.

„Mein lieber Schatz, sicher freust du dich, meine Stimme zu hören. Wie ich dich kenne, konntest du nicht bis zum Abend warten und hast dein Geschenk schon im Auto ausgepackt. – Pause –

Du bist mir sicher nicht böse, wenn ich auch die Dame auf deinem Beifahrersitz begrüße – ich will schließlich nicht unhöflich sein ..."

Horst Meyer schoss das Blut in den Kopf. Verdammt noch mal, woher wusste sie ...? Da fuhr seine Frau auch schon fort: „Bitte tue dir selbst und der Dame an deiner Seite einen Gefallen und fahre schön gleichmäßig weiter. Ich werde dir gleich erklären warum." Die Stimme räusperte sich.

„Natürlich wunderst du dich, dass ich weiß, was du gerade treibst. Die Geschichte mit den Japanern war aber wirklich sehr dürftig. – Es war schon immer dein Problem, dass du mich unterschätzt. – Dein Freund Peter, der Bundeswehrsoldat, ist übrigens der gleichen Meinung und er lässt dich schön grüßen. Während du dies hörst, sitzt er neben mir auf der Couch in unserem Wohnzimmer und trägt deinen Hausanzug. Er passt ihm übrigens wie angegossen. Du wirst sicher verstehen, dass ich Heiligabend nicht alleine verbringen wollte. – Jetzt zieh kein Gesicht. Peter ist wirklich ein ganz lieber Mann ... und so erfinderisch!

Apropos erfinderisch: Es war für Peter wirklich nicht ganz einfach, die Bombe in deinem Motorraum so zu konstruieren, dass sie mit dem CD-Player gekoppelt ist. Er konnte dann aber das Problem mit Hilfe dieser CD lösen. Schatz, du hast sicher am Anfang diese komischen Gurgelgeräusche gehört? Nun, damit wurde der Zünder der Bombe in Gang gesetzt. Er hat nur einen blöden Fehler: man kann ihn nicht mehr abstellen!

Vorsicht! Bitte, fahr jetzt nicht langsamer! Wenn du deine Geschwindigkeit unter 50 km/h senkst, geht das Ding ebenfalls in die Luft.

Tja, mein Schatz, ich fürchte von dir und deiner charmanten Begleitung wird nicht mehr viel übrig bleiben, wenn die Bombe platzt. Spätestens dann, wenn dir das Benzin ausgeht." Es ertönte ein leises Kichern aus dem Lautsprecher. „Noch ein kleiner Tipp: Fummle nicht mit dem Mobiltelefon rum, denn das mag der Zünder der Bombe auch nicht.

Also denn, macht es gut ihr beiden. Ich muss mich jetzt um meinen Gast kümmern." Es trat Ruhe ein, dann meldete sich die Frau aber noch einmal: „Ach, Horst, mein Liebling, da fällt mir noch etwas ein. Peter hat gestern aus dem Tank des Wagens das meiste Benzin entfernt. Schließlich wollte ich verhindern, dass ihr bis Ultimo fahren müsst, bis ihr Heiligabend in schöner warmer Umgebung verbringen könnt – nämlich in der Hölle! – Frohes Fest!"

Was folgte war Stille. Die tödliche Stille des Entsetzens.

Die Tankanzeige war zwischenzeitlich tief im roten Bereich angekommen.

Der Kommissar senkte das Buch. Er wusste auch nicht warum, aber bei dieser rachsüchtigen Ehefrau in der Geschichte musste er unwillkürlich an seine Jugendliebe Elvira Stark denken. Als überzeugter Junggeselle war er sowieso der Meinung, dass Frauen eine ständige latente Bedrohung der Männerwelt darstellten, so angenehm es manchmal sein konnte, in ihrer Gesellschaft zu sein. Zum Beispiel wie heute, Heiligabend. Er schmunzelte.

Wie würde Elvira es wohl anstellen, sich an einem untreuen Ehemann zu rächen? Sicher nicht mit einer Bombe! Vielleicht eine Dosis Rattengift im Schweinebraten? Oder ganz konservativ, mit einer Bratpfanne über den Schädel?

Bei dem Gedanken an Bratpfanne und Schweinebraten verspürte er plötzlich ein leichtes Hungergefühl. Er überlegte kurz, dann seufzte er. Was der Autor dieser Geschichten seinen Lesern zumutete, war eigentlich nur mit einer Stärkung zu ertragen. Allerdings würde Elvira heute groß aufkochen. Wenn er jetzt etwas essen würde, konnte er dann bei ihr nicht mehr richtig zulangen. – Der Abend wäre gelaufen!

Entsagungsvoll nahm er stattdessen einen tiefen Schluck aus dem Glas und las weiter ...

Der Fluch

Klaus Reuther schüttelte den Kopf. „Jetzt zetern Sie hier nicht herum, ich habe Ihnen oft genug gesagt, dass Sie Ihre Schulden bezahlen sollen. Ich bin doch kein Wohlfahrtsunternehmen!" Er drehte sich um und ging einige Schritte den Waldweg entlang.

Eberhard Freundlich eilte ihm hinterher. „Herr Reuther, es ist wenige Tage vor Weihnachten. Ich habe mit der Bank gesprochen. Sie werden nach den Feiertagen über meinen Antrag auf Umschuldung beraten. Dann bekommen Sie mit Sicherheit Ihr Geld!"

Reuther sah Freundlich kalt an. „Das hätten Sie sich überlegen sollen, bevor Sie Ihren Wald verpfändet haben. Es ist sowieso fraglich, ob diese mickrigen Fichtenstangen die Schuld abdecken."

Freundlich wandte sich wie ein Wurm. „Diese Bäume hat mein Großvater angepflanzt und schon meinem Vater das Versprechen abgenommen, dass er sie niemals schlagen lässt. Er hat irgendetwas von einem Fluch gesagt, der den treffen wird, der diese Bäume fällt. – Bitte, Herr Reuther, das können Sie nicht tun!" Beim letzten Satz war seine Stimme um einige Noten gestiegen.

Reuther fuhr herum. „Wollen Sie mir drohen? – Fluch …, dass ich nicht lache. Sie sollten wirklich mal zum Arzt gehen! – Wenn Sie schon an solchen Mumpitz glauben, hätten Sie den Wald nicht verpfänden dürfen. Morgen, 10.00 Uhr, stehen Sie mit dem Geld auf der Matte … oder am Nachmittag kommt der Havester und sägt die Stangen um!"

Mit diesen Worten drehte er sich herum und marschierte den Waldweg entlang.

Freundlich war völlig verzweifelt. „Herr Reuther, mein Gott, wenn Ihnen nun etwas zustößt ..."

Reuther lachte schallend, tippte sich mit der Hand gegen die Stirne und steuerte sein Geländefahrzeug aus dem Gramschatzer Wald hinaus.

Es gibt auf diesem Globus wirklich die merkwürdigsten Typen, dachte er und gab, als er die Landstraße erreicht hatte, Gas. In Gedanken überlegte er schon, wem er die Fichtenstangen anbieten konnte. Die meisten würden wohl zu Paletten verarbeitet werden. Allerdings, einen der Bäume würde er einem Freund zukommen lassen, der ihn in seiner Firma als Christbaum verwenden wollte.

Wie Reuther erwartet hatte, bekam Freundlich natürlich das Geld nicht zusammen. Er rief Reuther noch einmal an und winselte um eine Schonfrist, aber der Holzhändler blieb hart. Es genügte dann ein Anruf, um den Sägekoloss mit der Bezeichnung Havester in Bewegung zu setzen.

Als die Erntemaschine am nächsten Tag am frühen Nachmittag angefahren kam, war Reuther vor Ort. Er hatte einen Baum herausgesucht, den er als ersten vom Fahrer der Maschine absägen ließ, allerdings ohne ihn zu entasten und zu schälen, wie es mit den übrigen Bäumen geschehen würde.

Während das Monster sich anschickte, die Stämme umzusägen, lud Reuther den Baum auf das Dach seines Geländewagens und fuhr davon. Dabei musste er an Freundlichs Worte denken und im Stillen lachen. Jetzt bist du verflucht, dachte er amüsiert. Mal was ganz Neues. Dann verschwendete er keinen Gedanken mehr an die Angelegenheit.

Reuthers Freund Thorsten Wischner freute sich über den schönen, großen Christbaum, den er in der Lobby seiner Firma im sechsten Stock eines Bürogebäudes aufstellen würde.

Klaus Reuther durchfuhr kurz der Gedanke an den Fluch, als er am Abend mit seiner Lebensgefährtin Tanja im Kino einen Film ansah. Tanja liebte Thriller. Die Handlung hatte die richtige Mischung aus Spannung und Erotik, die sie so mochte. Ein Umstand, der Tanja immer in eine sehr anschmiegsame Stimmung versetzte. Reuther empfand bereits Vorfreude auf die Stunden nach dem Film. Zu Hause, bei Tanja. Er war schon seit einigen Jahren mit ihr zusammen, sie hatten aber noch immer getrennte Wohnungen. Eine Konstellation, die keiner der beiden als nachteilig empfand.

Reuthers Aufmerksamkeit wurde durch eine besondere Szene geweckt. Der Grund war, dass der Hauptdarsteller von einer der Nebenfiguren mit einem tödlichen Fluch bedacht wurde. Reuther schalt sich innerlich einen Narren, weil er für einen Augenblick das Gefühl hatte, der Schauspieler würde bei seinen Worten ihn, Klaus Reuther, ansehen.

Reuther warf einen Blick auf seine Begleiterin. Sie war von dem Geschehen auf der Leinwand total gefesselt. Sachte legte er seine Hand auf Tanjas Oberschenkel und streichelte ihn. Schnell war der merkwürdige Gedanke wieder verflogen.

Als das Kino aus war, schlug Tanja vor, noch einen Drink zu nehmen. So landeten sie wenig später einige Ecken weiter in einer kleinen Bar. Nichts Verruchtes. Eine romantische Cocktailbar mit angenehmem Publikum.

Tanja bestellte sich eine Bloody Mary, Klaus einen Whisky-

Soda, dann unterhielten sie sich angeregt über die Handlung des Films.

Als Reuther einige Zeit später mal zur Toilette ging, musste er einen schmalen Gang durchqueren, ehe er die bewussten Örtlichkeiten erreichte. Plötzlich blieb er mitten im Gang stehen. Er glaubte eine wispernde Stimme zu hören. Als er sich umsah, konnte er niemand entdecken. Er war alleine. Die Stimme wurde stetig lauter und aufdringlicher. „Du bist verflucht!", flüsterte es in seinem Kopf. Immer wieder: „Du bist verflucht!" Wobei die Worte in seinem Schädel ein leises, aber nicht zu ignorierendes Echo fanden.

Reuther schüttelte heftig den Kopf. Dann war Ruhe.

Der Mann blieb noch einen Moment stehen, dann schalt er sich einen Narren und betrat die Toilette. Es war schon erstaunlich, was zwei Whisky-Soda anrichten konnten. Er würde den Barkeeper fragen, in welchem Mischungsverhältnis er sie gemixt hatte.

Sie blieben noch eine Stunde in der Bar. Klaus Reuther genehmigte sich noch zwei weitere Drinks, dann machten sie sich auf den Nachhauseweg. Wie erwartet, schlug Tanja, die durch ihre vier Marys in bester Stimmung war, vor, die Nacht in ihrer Wohnung zu verbringen. Ein Vorschlag, gegen den Klaus aus nachvollziehbaren Gründen absolut nichts einzuwenden hatte.

Nach der gelungenen „Aufheizphase" in der Bar hatte Tanja keinen Bedarf mehr an einem verzögernden Vorspiel. Kaum hatten die beiden die Eingangstüre hinter sich geschlossen, als sie auch schon im Flur die Jacke gegen den Schirmständer warf, die Schuhe in die Ecke kickte und über Klaus herfiel. Stück für Stück rissen sie sich im wilden Liebesspiel auf dem Weg ins Schlafzimmer gegenseitig die Kleidung vom Leib, um dann keuchend auf das ungemachte Bett zu fallen. Von draußen erhellte das Licht der Straßenlaternen den Raum.

Mitten im heißesten Liebesakt knallte die Stimme dazwischen. Diesmal keineswegs dezent. Laut brüllte es in seinem Kopf: „Du bist verflucht! Du bist verflucht ..." Immer wieder und wieder.

Ruckartig riss er den Kopf in die Höhe, als hätte ihn jemand von hinten an den Haaren gezogen.

Tanja öffnete erschrocken die Augen. Etwas verwirrt nahm sie die Gegenwart zur Kenntnis. „Was ..., was ist ... los?", fragte sie noch halb in Ekstase.

Er löste sich von ihr und legte sich auf den Rücken. Mit dem Handrücken wischte er sich die verschwitzte Stirn.

„Nichts ... nichts, Schatz! Ich weiß nicht ... irgendwie ist mir so komisch."

Sie stützte sich auf die Ellbogen auf und sah ihn etwas kritisch an. „Vielleicht hast du ein wenig zu viel getrunken?" Aus ihrer Stimme konnte er die Spur einer leichten Gereiztheit heraushören.

„Ach, was! – Da hatte ich schon viel mehr ... und ich hatte trotzdem keine Probleme. Mein Kopf ... irgendetwas in meinem Kopf ..." Er massierte sich die Schläfen. Jetzt war die Stimme wieder weg.

Er konnte doch Tanja nicht sagen, dass er gerade Stimmen gehört hatte und deshalb das Liebesspiel unterbrechen musste. Sie würde ihn doch für total bekloppt halten.

Er erhob sich abrupt. „Ich gehe mal ins Bad."

Tanja zog sich etwas frustriert die Bettdecke über den Körper bis zum Kinn. „Falls du Aspirin brauchst, ich habe eine frische Packung im Badezimmerschrank!"

Der ironische Beiklang ihrer Stimme war unüberhörbar.

Als Klaus Reuther in den Spiegel sah, starrte ihm ein blasses Gesicht mit fiebrig glänzenden Augen entgegen.

„Du bist verflucht!“, schien ihm sein Spiegelbild entgegen zu schreien.

Er drehte den Wasserhahn auf und goss sich mit beiden Händen reichlich kaltes Wasser ins Gesicht. Kurz entschlossen öffnete er den Schrank und griff sich die Tablette mit den Schmerztabletten. Irgendwie hatte er das Gefühl, dass er krank wurde. Reuther drückte sich zwei Tabletten aus der Folie und schluckte sie mit Wasser runter. Für den Moment ging es ihm besser.

Nachdem er noch uriniert hatte, ging er wieder ins Schlafzimmer zurück. Vielleicht konnte er an dem Punkt weitermachen, an dem er vor einigen Minuten aufgehört hatte.

Als er ins Bett schlüpfte, stellte er fest, dass Tanja mittlerweile eingeschlafen war. Gleichmäßig atmend lag sie auf der abgewandten Seite. Blöd gelaufen! Reuther löschte das Licht und deckte sich zu.

Was war mit ihm nur los? Es konnte doch nicht sein, dass er sich von dem dummen Gequatsche dieses Freundlich so beeinflussen ließ? Er, Reuther, war doch ein nüchterner Geschäftsmann, der an alles glaubte, nur nicht an derartigen Hokuspokus.

Die Tabletten begannen zu wirken. Dankbar fühlte er eine gewisse Entspannung über sich kommen und schlief ein.

Als Reuther erwachte, war es draußen schon hell. Es dauerte trotzdem geraume Zeit, ehe er begriff, wo er sich befand. Nur mühsam fand er aus dem schweren Traum in die Realität zurück. Er war im Wald gewesen. Genau hatte er die Fichtenkultur erkannt, die er Freundlich abgenommen hatte. Die Erntemaschine war gerade bei der Arbeit. Als Reuther sich dem Geschehen näherte, hörte er das Schreien der Bäume. Jede Fichte, die abgesägt wurde, schrie laut: „Du bist verflucht!" Dann starb sie. Aus den Baumstümpfen liefen Ströme von Blut und vereinten sich auf dem Waldboden zu einem Bach. Reuther musste von dem Blutstrom flüchten. Aber wohin er auch ging, das Blut verfolgte ihn. Es trieb ihn richtiggehend vor sich her. Schließlich stand er neben der Maschine, die gerade eine Fichte fällte. Komischerweise erkannte er sie: Es war die Fichte, die er seinem Freund geschenkt hatte. Plötzlich rutschte der Baum aus den Greifarmen der Sägemaschine heraus, stürzte auf Reuther herab und erschlug ihn.

Als der Mann soweit in die Realität zurückgefunden hatte, dass er erkannte, dass er nur geträumt hatte, spürte er ganz deutlich heftige Kopfschmerzen. Er hatte ein Gefühl, als hätte man ihm mit einem Knüppel auf den Schädel geschlagen.

„Du bist verflucht!", wummerte es da wieder in seinem Kopf im pochenden Rhythmus des Schmerzes. „Du bist verflucht ..." Immer und immer wieder.

Er schlug die Bettdecke zur Seite. Der Wecker zeigte fünf Uhr an. Ein Seitenblick auf Tanja zeigte ihm, dass sie friedlich schlief.

Reuther stand hastig auf. Ein plötzlicher Schwindelanfall hätte ihn fast wieder auf das feuchte Laken zurückfallen lassen.

„Du bist verflucht! ... Du bist verflucht!", tönte es in seinem Schädel.

Er verspürte einen unwiderstehlichen Drang, die Wohnung zu verlassen. An der frischen Luft würde es ihm bestimmt schnell besser gehen, tröstete er sich. Als er sich bückte, um seine verstreuten Klamotten zusammenzusuchen, wäre ihm fast der Kopf geborsten.

Im Bad zog er sich hastig an.

„Du bist verflucht!" – Er musste hier raus.

Sich mühsam konzentrierend schrieb er Tanja eine Nachricht und legte sie auf den Küchentisch. Dann verließ er fast fluchtartig die Wohnung.

Als er die Straße betrat und sich nach links wenden wollte, brüllte die Stimme in seinem Kopf so laut, dass er automatisch die Flucht in die andere Richtung antrat. Sofort wurde die Stimme leiser.

So ging es weiter. Immer wenn er in eine Richtung laufen wollte, die der Stimme nicht gefiel, tobte sie so laut, bis er einen anderen Weg einschlug.

Reuther hatte längst die Fähigkeit zu rationalem Denken verloren. Zwischenzeitlich empfand er die Stimme im Kopf wie eine Person. Getrieben von diesem Wesen in seinem Kopf, torkelte er durch die Straßen der Stadt.

Olav Kräuter war Hausmeister in dem Bürohochhaus, in dem auch die Firma Wischner-Consulting ihre Räumlichkeiten hatte. Olav Kräuter war gerade dabei, die Grünpflanzen in der Lobby der Firma zu gießen, als ihm der Weihnachtsbaum ins Auge stach, den er vor kurzem dort aufgestellt hatte. Aber wie sah der Baum aus?

„Soviel zu frischen Weihnachtsbäumen", brummelte der Hausmeister. „Wischner, Wischner, da hat dich dein Spezi ganz schön gelinkt!"

Die Nadeln des Baumes waren über Nacht völlig braun geworden. Kräuter konnte sich das zwar absolut nicht erklären, hielt sich aber nicht mit unnötigen Gedanken auf. Hier bestand Handlungsbedarf! Er musste schleunigst Ersatz beschaffen. Wenn der Chef den verdorrten Baum zu Gesicht bekam, gab es Ärger. Wie sah das aus, Betriebsweihnachtsfeier unter einer Baumleiche!

Jetzt hatte Kräuter ein Problem: Der Baum musste schleunigst aus dem Haus und ein neuer her. Da es noch sehr früh am Tag war, war außer dem Putzpersonal niemand da, der ihm bei der Entsorgung hätte helfen können.

Kurz entschlossen öffnete er ein Fenster und sah hinunter auf die Straße. Vor dem Bürogebäude verlief ein breiter Rasenstreifen, der jetzt aber unter einer alten Schneedecke lag.

Kurz entschlossen löste der Mann den Christbaum aus seiner Halterung und zerrte ihn zum Fenster. Mit einem flüchtigen Blick nach unten überzeugte er sich, dass niemand in der Nähe war. Um diese Tageszeit sowieso unwahrscheinlich.

Energisch schob er den heftig nadelnden Baum durch die Fensteröffnung und ließ ihn schließlich aufatmend los. Das war geschafft!

Sofort verließ er das Büro, fuhr hinunter in die Tiefgarage und fuhr mit seinem Hausmeisterauto, einem Pick up, hinaus, um den Christbaum endgültig zu entsorgen.

Kräuter entdeckte den Mann erst, als er den Baum zum Fahrzeug schleifen wollte. Er lag unter den Zweigen, fast völlig zudeckt von den braunen Nadeln.

Betroffen starrte Kräuter den Mann an. Er war tot, daran bestand kein Zweifel. Sein Schädel war zertrümmert und lag in einer Blutlache, die den Schnee rot färbte. Das Stammende der Fichte musste direkt von oben in seinen Schädel eingeschlagen sein.

Als sich Kräuter wieder zu dem beiseite gezerrten Baum umdrehte, erfasste ihn das bloße Grauen. Der Christbaum war wieder frisch und grün.

Erich Rottmann legte das Buch zur Seite. So mancher Schreiber mutete seinen Lesern schon einiges zu. Ein verfluchter Christbaum ... na ja. Trotzdem konnte er sich dem Bann der Erzählung nicht ganz verschließen.

Er erinnerte sich, dass es in seiner aktiven Berufszeit auch immer wieder mal Fälle gab, bei denen das rationale Denken des Menschen – auch eines nüchternen Kriminalisten – an seine Grenzen geführt wurde.

Mit dem Pfeifenstopfer drückte er die Glut in seiner Bruyere fester, bis sie wieder ordentlich zog.

Er rückte sich das Kissen im Rücken zurecht und nahm sich schmauchend die nächste Story vor ...

Christbaumdiebe

Edgar Krafft hob schnüffelnd die Nase in die Luft. Es war eindeutig Feuergeruch, den ihm da die schwache Winterbrise durch den verschneiten Spessart zutrug. Langsam löste sich die schlanke Gestalt des jungen Bauern vom Stamm des alten Tannenbaums, hinter dem er seit Stunden gelauert hatte. Obwohl er sich warm angezogen hatte, war die Kälte durch seine Kleidung gekrochen und trotz seiner Widerstandskraft gegen die Unbilden der Natur fröstelte es ihm.

Einen Steinwurf weit entfernt befand sich seine große Christbaumkultur, die er seit Jahren hegte und pflegte. Der Christbaumverkauf im Dezember stellte einen wesentlichen Teil seines Einkommens in den Wintermonaten dar. Daher hatte er um diese Zeit auch ein scharfes Auge auf die Bäume, weil jedes Jahr ein gewisser „Schwund" zu verzeichnen war. Ein paar Christbäume wären ja zu verkraften gewesen, aber dieses Jahr war schon zweimal massiv in die Kultur eingebrochen worden und es klafften zwischenzeitlich ganze Lichtungen zwischen den Bäumen.

Krafft hatte einen Reiseunternehmer aus der Kreisstadt Karlstadt im Verdacht, der besonders im Winter so genannte „Survivalkurse" für gestresste Stadtmenschen anbot. Da wurden dann ganze Gruppen in den nahen Spessartwald gekarrt, um drei Tage am Busen der Natur das Überleben in Eis und Schnee zu erleben. In Kraffts Augen waren Städter grundsätzlich mit ganz besonderer Toleranz zu betrachten. Die Teilnehmer an diesen Kursen hatten seiner Meinung nach aber richtig „einen an der Klatsche“. Aber wenn diese naturentwöhnten Stadtpflanzen das nötig hatten und dafür auch noch ordentlich Geld hinlegten, was sollte es ...?

Krafft war mit seiner Toleranz jedoch am Ende, wenn diese Typen dachten, sie könnten ihre Sägeübungen an seinen Christbäumen praktizieren. Interessanterweise fehlten immer dann Bäume, wenn vorher einer dieser Kurse gelaufen war.

Jetzt hatte er die Schnauze endgültig voll und sich vorgenommen, diese „Naturburschen“ auf frischer Tat zu ertappen. Dafür holte er sich dann auch gerne schon mal kalte Füße.

Edgar Krafft wunderte sich diesmal allerdings etwas. Offenbar hatte der Veranstalter sein Programm geändert. Bisher waren die Kursteilnehmer immer irgendwo abgesetzt worden und dann zu Fuß durch den Wald marschiert, um in irgendeiner Dickung zu campieren. Heute hatte er im Wald den starken Motor eines Fahrzeugs gehört. Wahrscheinlich, so vermutete Krafft, waren die Teilnehmer diesmal mit einem Fahrzeug direkt im Wald abgesetzt worden. Vielleicht, damit sich diese verwöhnten Burschen bei ihrem Räuber- und Gendarmspiel in der Kälte keinen Schnupfen holten. Es war in den letzten Tagen wirklich empfindlich kalt gewesen.

Der Bauer fletschte die Zähne. Er würde die Kerle trotzdem überführen. Er tastete nach seiner Digitalkamera, mit der er im geeigneten Moment seine Beweisfotos schießen wollte.

Die Dämmerung kam und schritt schnell voran. Krafft sah auf seine Armbanduhr. Bis jetzt war keiner der Typen in der Nähe seiner Bäume aufgetaucht.

Er überlegte einen Augenblick, dann beschloss er, sich an das Camp anzuschleichen, um mal einen Blick auf die Leute zu werfen. Etwas Bewegung würde seine eingefrorenen Glieder wieder flott machen. Er war sicher, dass sie von seiner Annäherung nichts mitbekommen würden.

Der Bauer nutzte einen stark begangenen Wildpfad, um sich durch eine Tannenkultur anzuschleichen. Die Bäume standen geometrisch in Linie, so dass dazwischen genügend Raum war, um sich lautlos zu bewegen.

Als sich Krafft dem Feuergeruch immer mehr näherte, wunderte er sich zunächst etwas. Das Lager schien diesmal viel näher am nächsten Forstweg zu liegen also sonst. Dann schüttelte er aber den Kopf. Logisch, auf diese Art und Weise mussten die Typen ihre empfindlichen Körper nicht so weit aus eigener Kraft durch die „Wildnis“ bewegen. Krafft schnaubte leise, aber verächtlich.

In den Feuergeruch mischte sich eindeutig Bratenduft. Edgar Krafft zog unwillig die Augenbrauen zusammen. Die ließen es sich richtig gut gehen!

Als der Pächter leichten Feuerschein durch die Baumstämme schimmern sah und er die Stimmen von Männern hörte, ließ er sich auf den Bauch nieder. Die restliche Strecke würde er robbend zurücklegen. Dass er dabei an der Vorderseite weiß vom Schnee wurde, störte ihn nicht.

Er wunderte sich kurz, als er ausländische Sprachfetzen auffing, nahm aber dann grimmig an, dass dieser geschäftstüchtige Reiseunternehmer sein Angebot offenbar auch schon auf ausländische Teilnehmer erstreckt hatte.

Als sich Krafft um eine Windung des Schleichpfades schob, fühlte er plötzlich neben sich die Gegenwart einer Person, gleichzeitig erahnte er eine Bewegung. Er erschrak. Ehe er eine Abwehrreaktion machen konnte, wurde ihm der harte Lauf einer Faustfeuerwaffe gegen den Hinterkopf gedrückt. Fast gleichzeitig spürte er den harten Druck eines Knies im Rücken, wodurch ihm jeder Widerstand unmöglich wurde.

„Was soll denn das!“, knurrte er undeutlich, weil ihm Schnee in den Mund gepresst wurde und er kaum Luft bekam. „Lassen Sie mich sofort los!“

Er wurde zwar tatsächlich losgelassen, aber sogleich an der Jacke ruckartig auf die Beine gerissen. Mit einer gekonnten Bewegung zog ihm sein unbekannter Widersacher die Oberbekleidung über den Kopf, so dass er nichts mehr sehen konnte. Einen Augenblick später zerrte man ihm die Hände auf den Rücken und er hörte das Ratschen eines Kabelbinders. Schmerzhaft wurden ihm die Handgelenke festgezurrt.

„Sofort aufhören!“, brüllte der nunmehr völlig blinde Mann. „Das geht wirklich zu weit! Ich werde die Polizei verständigen. Das wird euch teuer zu stehen kommen!“

Er hörte ein barsches Wort in der fremden Sprache. Er verstand es zwar immer noch nicht, aber zusammen mit dem sich schmerzhaft verstärkenden Druck der Waffe am Hinterkopf war es unschwer als Aufforderung zum Schweigen zu interpretieren. Eingeschüchtert gehorchte Krafft.

Stöße in den Rücken veranlassten ihn, sich stolpernd dem Nahbereich des Bratenduftes zu nähern.

Ehe er sich versah, erhielt er einen harten Tritt in die Kniekehlen, so dass er zu Boden stürzte. Grobe Hände tasteten ihn ab und zogen seine Geldbörse heraus.

Langsam dämmerte Krafft, dass er hier offenbar in einen falschen Film geraten war. Diese Typen waren mit Sicherheit nicht die Teilnehmer an einem harmlosen Survivalkurs für Stadtpflanzen.

Beklemmung schnürte ihm den Atem ab.

Schlagartig erinnerte er sich an einen schriftlichen Aufruf der regionalen Polizeibehörden, die Bauern und Jäger in den Dörfern auf die Umtriebe sogenannter „rumänischer Banden" in den Wäldern aufmerksam gemacht hatten. Konnte es sein, dass er sich in der Gewalt einer dieser Banden befand? Aus seiner Beklemmung wurde schlagartig Furcht. Die Sprache, die er nicht verstand ... deutete das darauf hin, dass er richtig vermutete? Obwohl er im Schnee lag und die Kälte sich schneidend durch seine Kleidung fraß, wurde ihm unter der Jacke plötzlich heiß. Fieberhaft überlegte er, was er gegen sie unternehmen konnte. Schnell kam er zu dem Ergebnis, dass er in seiner Lage im Augenblick keine Chance hatte. Die Tatsache, dass ihm der Stoff die Sicht nahm, kam ihm plötzlich wie ein Schutzwall vor. Solange er die Täter nicht sehen konnte, konnte er sie auch nicht identifizieren, war daher auch keine direkte Bedrohung für sie. Also kein Grund, ihm etwas anzutun. – An diesen Strohhalm krallte er sich.

Als er laut hallende Schläge von Metall auf Metall hörte, zuckte er zusammen. Was ging dort vor? Das Gespräch der Männer wurde lebhafter. Sie riefen sich raue Worte zu und lachten laut. Einige Zeit später saßen sie offenbar am Feuer und aßen. Seine von der Angst geschärften Sinne vernahmen Kaugeräusche und das leise Klappern von Flaschen.

Krafft lag regungslos. Die Kälte hatte mittlerweile aus seiner vorderen Körperseite alles Gefühl vertrieben. Die Ungewissheit seines Schicksals trieb ihm die Furcht ins Gedärm und er hatte Mühe, seine Schließmuskeln unter Kontrolle zu halten.

Es verging eine weitere Zeitspanne, die Krafft schier unendlich vorkam. Plötzlich verstummten die Gespräche der Männer schlagartig. Kraffts Nackenhaare stellten sich auf. War jetzt er an der Reihe? Auf die Brutalität dieser Verbrecher war in den Medien mehrfach ausführlich hingewiesen worden.

Plötzlich hörte er sich entfernende Schritte im Schnee, dann in der Nähe einen Automotor aufheulen. Es folgte das Geräusch eines Fahrzeugs, das sich über knirschenden Schnee entfernte.

Krafft lag wie gelähmt. Lediglich das schwächer werdende Knacken des Holzes im Feuer war hin und wieder zu hören.

Er konnte sich nicht vorstellen, dass die Bande so einfach verschwunden war ... verschwunden, ohne ihm ein Leid zuzufügen.

Der Gefesselte wartete noch geraume Zeit, ehe er es wagte, sich zu bewegen, um sich hierdurch seine Jacke vom Gesicht zu streifen. Leicht geblendet erblickte er zuerst die verlöschende Glut des Lagerfeuers.

Ein Stöhnen entrang sich seinem Mund. Langsam richtete er sich trotz seiner nach hinten gefesselten Hände in eine sitzende Position auf. Sein Körper war so gefühllos, dass er das Empfinden hatte, jeden Augenblick wieder umzukippen. Jeden Moment rechnete er damit, dass hinter ihm ein Wächter auftauchte.

Doch es kam niemand. Sie schienen ihn wirklich alleine gelassen zu haben!

Durch die Glut des Feuers konnte er in seiner Nähe einen kleinen Tresor entdecken, der den Spuren nach offenbar mit einem schweren Hammer aufgeschlagen worden war.

Im Feuer und daneben lagen Knochen und Essensreste. Außerdem leere Wodkaflaschen

Nach mehreren Anläufen kam Krafft auf die Beine. Von einem heftigen Schüttelfrost gebeutelt, lehnte er sich gegen einen Baumstamm. Da ihm die Füße nicht gefesselt worden waren, konnte er nach einigen Minuten die ersten Schritte machen.

Schließlich bewegte er sich breitbeinig taumelnd durch den stockfinsteren Wald. Lieber riss er sich überall an vorstehenden Ästen das Gesicht auf, als sich länger als unbedingt notwendig in der Nähe der Feuerstelle aufzuhalten.

Trotz der Dunkelheit wusste er, wo er sein Auto abgestellt hatte. Er kannte den Wald wie seine Westentasche und hatte auch in der Nacht keine Probleme sich zu orientieren.

Als er schließlich sein Fahrzeug erreichte, entdeckte er, dass sie ihn nicht vollständig ausgeraubt hatten. Mit einigen Körperverkrümmungen konnte er feststellen, dass sein Autoschlüssel noch vorhanden war.

Sie hatten also tatsächlich nicht vorgehabt, ihn umzubringen! Wahrscheinlich hatten sie ihn nur festhalten wollen, bis sie verschwunden waren. Sein erleichtertes Lachen fand ein Echo im verschneiten Wald. Schizophrenerweise fühlte er sogar so etwas wie Dankbarkeit.

Mit der Funksteuerung konnte er den Wagen trotz seiner noch immer gefesselten Hände unproblematisch öffnen. Im Handschuhfach lag immer ein Messer.

Als er es schließlich in Händen hielt, war er schweißnass von der Anstrengung. Die Fessel durchzuschneiden war vergleichsweise einfach. Befreit atmete er auf. Er fühlte sich wie neu geboren!

Schon nach kurzer Zeit war er so erholt, dass seine Dankbarkeit schlagartig in Wut umschlug. Wie kamen diese Verbrecher dazu, ihn so zu behandeln? Solchen Banden musste man unbedingt das Handwerk legen!

Im Handschuhfach lag auch sein Mobiltelefon. Er hatte es dort liegen lassen, weil er mitten im Spessart sowieso keinen Empfang hatte. Er wusste, dass er erst in Richtung Landstraße fahren musste, ehe er mit dem Handy Empfang haben würde. Wenn er die Polizei schnell verständigte, konnten sie die Bande vielleicht noch erwischen.

Grimmig entschlossen gab er Gas.

Eine Sekunde später explodierte die Tellermine, die man ihm unter das rechte Vorderrad gelegt hatte – und zerriss das Fahrzeug samt dem Insassen.

Rottmann hatte mit diesem brutalen Schluss der Geschichte nicht gerechnet. Überrascht zog er die Augenbrauen in die Höhe. Allerdings hatte auch er, obwohl diese Banden erst nach seinem Ausscheiden aus dem Dienst aktiv geworden waren, von der Grausamkeit und Brutalität dieser Verbrecher gehört. Das jedenfalls war keine Erfindung des Autors.

Mit einem ordentlichen Schluck aus dem Glas spülte er den herben Beigeschmack, den die Story hinterlassen hatte, hinunter.

Er war sich sicher, dass Elvira ihren Christbaum ordnungsgemäß beim Gärtner gekauft hatte. Gefährlich lebte in diesem Zusammenhang nur der Christbaumverkäufer, wenn er versucht haben sollte, Elvira einen nicht mehr ganz frischen Baum anzudienen. Erich Rottmann musste bei dem Gedanken schmunzeln.

Als er die Überschrift der nächsten Geschichte las, nickte er zustimmend mit dem Kopf. Es gab nur wenige Bereiche in zwischenmenschlichen Beziehungen, die mehr Streit, Hass und Gewalt auslösten als die Möglichkeit, ein reiches Erbe antreten zu können. Rottmann konnte da ein Lied davon singen. Neugierig konzentrierte er sich …

Erst sterben – dann erben

Wolfgang Rolfsen liebte nur sich und seinen Hund – und das genau in dieser Reihenfolge. Rolfsen war nicht mehr der Jüngste. Achtundsiebzig war zwar kein ausgesprochenes Greisenalter, allerdings führte seine desolate Gesundheit dazu, dass sein gefühltes Alter deutlich höher lag, als sein kalendarisches. Wolfgang Rolfsen saß seit über zehn Jahren im Rollstuhl. Folge eines Motorradunfalls, den er infolge eines gravierenden Anfalls von Selbstüberschätzung hinsichtlich seines Fahrvermögens bei einer Tour durch die Fränkische Schweiz erlitten hatte. Wenig später hatte er dann auch noch Asthma bekommen, das seine Lebensqualität zusätzlich merklich einschränkte.

Und damit wären wir bei Benno. Benno war Rolfsens Berner Sennenhund. Kurz nach seinem Ausscheiden aus dem aktiven Berufsleben hatte er sich den Burschen aus dem Tierheim geholt. Benno liebte seinen Herrn ohne alle Vorbehalte und ohne Hintergedanken. Eine Eigenschaft, die er den wenigen menschlichen Bekannten seines Herrn voraus hatte.

Mit seinen mittlerweile 11 Lebensjahren gehörte Benno nun ebenfalls den Senioren der Gattung Hund an, was er seine Umgebung auch deutlich spüren ließ. Anders ausgedrückt, Benno lag die meiste Zeit des Tages auf seiner Decke in der Ecke des Wohnzimmers, wo die Wärme des Heizkörpers besonders intensiv zu spüren war und genoss sein Altenteil.

Einen Umstand gab es, der Rolfsen, trotz seiner Behinderung und seines schroffen Wesens für seine Verwandtschaft, in diesem Fall für seinen einzigen Blutsverwandten Alexander, seinen Neffen, ausgesprochen interessant machte: Der Alte war stinkreich! Das Ergebnis eines langen, arbeitsreichen – und vor allen Dingen frauenarmen Lebens ... gepaart mit einem ordentlichen Quantum Glück und zwei knallharten Ellbogen.

Trotz seiner körperlichen Einschränkungen lebte Wolfgang Rolfsen dank seines Vermögens komfortabler als der größte Teil vergleichbarer Leidensgenossen. Er hatte ein eigenes Haus, das behindertengerecht umgebaut und eingerichtet war, so dass er sich dort überall ohne merkliche Einschränkung bewegen konnte.

Ein weiterer positiver Tatbestand in seinem Leben war die bemerkenswerte Hilfsbereitschaft seines Neffen Alexander. Als Student der Betriebswirtschaftslehre fand er immer wieder Gelegenheit, seine Zeit bei seinem Onkel zu verbringen, um ihm mit gelegentlichen Hilfen zur Hand zu gehen. Alexander war ganz der Neffe seines Onkels: Seine Handreichungen waren daher, wie man sich denken kann, nicht ausschließlich von seinem sozialen Gewissen geprägt. Daher nutzte er jede Gelegenheit, dem Alten die finanziellen Engpässe eines Studenten im vierten Semester nahe zu bringen – in der stillen Hoffnung, der Onkel habe ein Einsehen und würde eine kleine Finanzspritze locker machen, was dieser gelegentlich auch tat ... allerdings in sehr bescheidenem Umfang. Wenn dann der Junge vor Freude und Dankbarkeit nicht gerade überschäumte, hielt ihm Wolfgang Rolfsen einen Vortrag über den Wert selbstverdienten Geldes und die Erfahrungen, die man dabei machen konnte.

Nun war Alexander nicht gerade der Prototyp eines arbeitsamen Menschen. Er wusste ja, dass er Onkel Wolfgangs einziger Blutsverwandter war und nach seinem Tod auch der einzige Erbe. Aber das mit dem Ableben schien dank der Zähigkeit des Onkels nicht unbedingt in greifbarer Nähe zu liegen.

Wenn das so weiter ging, musste er auf den Geldsegen warten, bis er selbst alt und grau war. Schon lange dachte er immer wieder mal darüber nach, wie er der Vergänglichkeit des Lebens etwas nachhelfen konnte. Bis jetzt war ihm allerdings noch keine Lösung eingefallen, die ihn nicht mindestens acht Jahre hinter Gitter gebracht hätte. – Aber, die Hoffnung stirbt bekanntlich zuletzt.

Heute war Rolfsen besonders schlechter Laune. Als Alexander das Haus betrat, saß er im Rollstuhl mitten im Wohnzimmer, hatte ein Buch auf dem Schoß und sah dem Besucher mit zusammengekniffenen Augen entgegen. Ehe der junge Mann noch etwas sagen konnte, fuhr er ihn ohne Gruß grob an:

„Es wird Zeit, dass du beikommst! – Sieh zu, dass du zum Supermarkt fährst und Getränke besorgst! Die Vorratskammer ist völlig leer! Willst du, dass ich verdurste?“

„Mein Gott“, erwiderte Alexander gereizt, „geht das vielleicht noch einen Tick unfreundlicher? Ich bin doch nicht dein Sklave!“

Benno, der diese Streitereien und den unfreundlichen Umgangston gewohnt war, hob nur kurz den Kopf, wedelte zum Gruß verhalten mit der Schwanzspitze, dann begab er sich wieder in seine bequeme Ausgangsposition und schaltete seine Ohren auf Durchzug.

„Wenn ich einkaufen soll, benötige ich Geld!“, raunzte Alexander seinen Onkel an.

„Geld ..., Geld ..., immer nur Geld!“, grantelte der Alte zurück. „Du wirst doch wohl ein paar Kisten Wasser auslegen können!“

„Falls du das schon wieder vergessen hast: Ich bin Student und der Monat ist fast vorüber. Ich bin leider total abgebrannt. – Was ist schon dabei, wenn du mir einen Schein gibst. Ich zähle dir jeden Cent des Wechselgeldes hin, keine Sorge!"

„Als ich so alt war wie du und studierte, habe ich immer zwei Gelegenheitsjobs an der Hand gehabt, um mich über Wasser zu halten ..."

„... ja, ja, ich weiß, du warst der Größte! Heute stinkst du vor Geld und was hast du davon? Du bist ein bösartiger, alter Geizhals, der denkt, er könne seine Kohle mit ins Grab nehmen!"

So weit hatte sich Alexander noch nie vorgewagt. Er hatte heute auch keinen guten Tag. Gerade hatte er erfahren, dass er eine wichtige Prüfung versemmelt hatte. Jetzt musste er den ganzen Mist noch einmal wiederholen. Die Wut hatte ihn ganz einfach mitgerissen. Am liebsten hätte er den bösartigen Alten am Kragen gepackt und so lange zugedrückt, bis aus der faltigen Gurgel kein Ton mehr herauskam.

Der Alte sah seinen Neffen berechnend an. Was fiel dem Flegel eigentlich ein?

„Du scheinst heute eine ziemlich große Klappe zu haben", knurrte er schließlich gepresst. „Du vergisst ganz, dass ich mein Testament jederzeit ändern kann. – Dann musst du dir deinen Lebensunterhalt selbst verdienen, mein lieber Junge." Der liebe Junge kam fast zischend über die blauen Lippen des Alten. „Was du, wie ich annehme, nicht schaffen wirst, weil du faul und unzuverlässig bist." Aus seiner Stimme war pure Verachtung herauszuhören.

Alexander war fast nicht mehr in der Lage sich zu beherrschen. Nun wurde Benno doch aufmerksamer. Die Spannung, die in der Luft lag, überschritt jetzt das gewohnte Maß bei weitem. Besorgt hob er den Kopf.

Kreidebleich vor Zorn starrte Alexander seinen Onkel an, dann drehte er sich wortlos um und stürmte aus dem Wohnzimmer. Im Flur blieb er einen Augenblick stehen, um sich etwas zu fassen. Dabei fiel sein Blick auf einen kleinen Gegenstand. Ohne zu überlegen steckte er ihn ein, dann verließ er das Haus und knallte die Haustüre zu.

Der Alte hörte das Schlagen der Türe und entspannte sich. Langsam fuhr er mit dem Rollstuhl zum Fenster und beobachtete, wie sein Neffe in sein kleines Auto einstieg und Gas gab. Der Splitt der Auffahrt spritzte nach allen Seiten.

Eigentlich mochte er seinen Neffen. Er konnte es nur nicht zeigen. Rolfsen gab sich allerdings nicht der Illusion hin, dass der Junge ihn aus Zuneigung versorgte. Der Knabe hatte nur sein Geld im Kopf. Ein Umstand, der Rolfsen gewaltig ärgerte. Er hatte einen Erbschleicher an seinem Busen genährt.

Wütend hieb er auf die Armlehne seines Rollstuhls ein. Warum musste ihn das Schicksal auch so hart bestrafen?

Benno hatte sich aufgesetzt. Nun kam er langsam angetappt und stieß sein Herrchen mit der Schnauze an. Er spürte, dass sein Mensch sehr erregt war.

Rolfsen merkte die ersten Anzeichen eines Asthmaanfalls. Aufregung war Gift für ihn. – Seine Bronchien krampften sich zusammen und lösten Atemnot aus. So wie jetzt. Mit dem Luftmangel kam Todesangst. Mühsam nach Atem ringend, keuchte er: „Benno ... bring's ... dem ... Herrchen!“

Benno, dem dieser Befehl bestens vertraut war, erhob sich flott und eilte mit erhobener Nase durch die Wohnung. Der Alte hatte die Angewohnheit, die Pumpe mit dem lebenswichtigen

Medikament immer an einem anderen Platz in der Wohnung herumliegen zu lassen. Schon vor Jahren hatte Benno gelernt, bei Bedarf das Gerät auf Befehl zu suchen und zu seinem Herrchen zu bringen. Und Benno nahm seine Aufgabe ernst. Wenn er einmal diesen Befehl erhalten hatte, suchte er so lange, bis er die kleine Pumpe entdeckt hatte.

So durchstreifte er auch jetzt von Zimmer zu Zimmer suchend, die Wohnung, begann in der Küche und arbeitete sich zum Schlafzimmer durch. Aber, obwohl er sich die größte Mühe gab, konnte er die vertraute Witterung des Aerosols nirgendwo aufnehmen.

Rolfsen ging es mittlerweile immer schlechter. Langsam fühlte er, wie die Panik ihre Krallen nach ihm ausstreckte. Wo blieb nur der Hund so lange? Mit letzter Anstrengung drehte er die Räder seines Rollstuhls. Wenn er sich nur erinnern könnte, wo er das Medikament zuletzt hingelegt hatte. Sein Atem ging mittlerweile pfeifend. Krampfhaft versuchte er mit letzter Kraft, Luft in die gequälten Lungen zu ziehen.

Schließlich brach er in seinem Stuhl ohnmächtig zusammen.

Benno trabte noch immer durch das Haus, auf der Suche nach dem Medikament. Irgendwann bemerkte er die Leblosigkeit seines Herrchens. Seine Nase vermittelte ihm eine erschreckende Botschaft.

Eine Stunde später verständigte eine Nachbarin, die ein Haus weiter wohnte, aber mit dem alten Mann praktisch keinen Kontakt pflegte, die Polizei, weil aus dem Haus des Herrn Rolfsen lang andauerndes, lautes Hundebellen und -heulen zu hören sei.

Als die Beamten einer Streife wenig später an der Tür klingelten, öffnete trotz Sturmgeläut niemand. Nur der Hund bellte immer heftiger. Daher schlugen sie ein kleines Fenster in der Haustüre ein, um diese zu öffnen und in das Haus zu gelangen.

Als sie das Wohnzimmer betraten, entdeckten sie den Hund, der vor dem Rollstuhl seines Herrn stand und erbärmlich jaulte und bellte. Zunächst waren die Polizisten vorsichtig, schließlich wussten sie nicht, wie der Hund reagieren würde. Als sie bemerkten, dass er freundlich blieb, traten sie näher.

Sie sahen sofort, dass dem Mann im Rollstuhl nicht mehr zu helfen war. Trotzdem verständigten sie den Notarzt, der ebenfalls kurze Zeit darauf mit einem Rettungswagen im Tross eintraf.

Es war schon ein echter Zufall, dass Rolfsens Hausarzt heute den Notarztdienst verrichtete. Da er die Krankengeschichte seines Patienten kannte, wusste er sofort, wo die Ursache für den Zustand seines Patienten zu suchen war.

Umgehend unternahm er Wiederbelebungsversuche. Wenig später gab er aber auf. Trotz aller Bemühungen war Rolfsen tot.

Erschöpft erhob sich der Arzt. Dieser Tod kam ihm irgendwie merkwürdig vor. Warum hatte Rolfsen nicht sein Medikament inhaliert?

Alexanders Wut war zwischenzeitlich rationalem Denken gewichen: Er konnte es sich einfach nicht leisten, es sich mit dem Alten zu verscherzen. Der brachte es fertig und vermachte sein ganzes Vermögen irgendeinem Tierheim. Er fuhr also mit verkniffenen Lippen zu einem Getränkeshop und kaufte die geforderten Getränke ein. Dann machte er sich wieder auf den Weg zu seinem Onkel. Alexander war sich sicher, dass er schnell besserer Laune sein würde, wenn er merkte, dass sein Neffe zu Kreuze kroch.

Als er zum Haus kam und die Korona von Einsatzfahrzeugen sah, stoppte er sein Auto. Das sah ganz nach einem Notarzteinsatz aus. Was hatte allerdings der Streifenwagen zu bedeuten? – Gemischte Gefühle beschäftigten ihn. Langsam betrat er das Haus. Sollte ...?

Der Arzt und die Polizeibeamten standen um seinen Onkel herum, der auf dem Boden lag. Als er den Hausarzt seines Onkels erkannte, erschrak er.

Benno kam ins Zimmer. Der Rüde schien ziemlich verstört. Immer wieder lief er ruhelos durch die Räume der Wohnung. Alexander schenkte ihm nur kurz Beachtung.

„Wer sind Sie?“, wollte einer der Beamten wissen. „Sind Sie mit dem Verstorbenen verwandt?“

„Ich bin Alexander, sein Neffe“, erklärte er kurz. Er war tatsächlich verstört. Mit diesem plötzlichen Tod seines Onkels hatte er wirklich nicht gerechnet.

„Ich ..., ich habe immer nach ihm gesehen ... er hat ja sonst niemand.“

Der Notarzt, der den jungen Mann kannte, nickte bestätigend. „Ihr Onkel scheint erstickt zu sein. Warum hat er seinen Inhalator nicht benutzt? Ich kann die Pumpe mit dem Medikament nicht bei ihm sehen.“ Er sah sich suchend in der Nähe des Toten um. „Komisch, Ihr Onkel war so darauf bedacht, das Gerät stets in seiner Nähe zu wissen. Ich habe ihm doch vor ein paar Tagen erst eine neue Packung verschrieben.“ Er schüttelte den Kopf. „Er hat mir sogar erzählt, dass er Benno, seinen Hund, so abgerichtet hat, dass der ihm die Pumpe sucht, wenn er sie irgendwo in der Wohnung hat herumliegen lassen.“

Einer der Polizeibeamten, der das Gespräch verfolgt hatte, beugte sich herab und tastete den Verstorbenen vorsorglich ab.

Alexander wurde etwas nervös, dann bestätigte er: „Das stimmt. Benno ist ein sehr intelligenter Hund …“

Er sah sich suchend im Raum um. Benno war aber immer noch damit beschäftigt, den letzten Befehl seines Herrn auszuführen. „Benno, brings dem Herrchen“, hörte er noch immer die Stimme seines Menschen.

Benno war, wie gesagt, ein sehr zuverlässiger Hund. Wenn er einen Befehl bekam, führte er ihn auch aus. Als er schließlich auf seinem Weg durch das Haus wieder in das Wohnzimmer kam, wo die Menschen um den toten Rolfsen versammelt waren, blieb er plötzlich wie angewurzelt stehen. Er hob die Nase, dann stieß er ein leises Jaulen aus und stürmte freudig auf Alexander los.

Der wehrte den plötzlich so aufdringlichen Hund heftig ab. Benno begann daraufhin laut zu bellen und schnüffelte aufgeregt an Alexanders Jackentasche.

„Was hat er?“ Der eine Polizeibeamte besaß selbst einen Vierbeiner und konnte das Verhalten des Rüden deuten. „Haben Sie etwas in der Jackentasche, das den Hund interessieren könnte?“ Er dachte eigentlich an irgendwelche Hundeleckereien.

Der Arzt beobachtete unterdessen nachdenklich Bennos intensive Bemühungen, an Alexanders Tascheninhalt zu kommen. Schließlich trat der Mediziner entschlossen einen Schritt näher und griff dem völlig überrumpelten Alexander in die Jackentasche. „Ich darf doch?“

Einen Augenblick später hielt er die Inhalationspumpe des Verstorbenen in der Hand. Bis auf Alexander starrten alle Anwesenden betroffen auf das kleine Gerät. Ehe sich der Arzt versah, sprang Benno in die Höhe, schnappte die Pumpe, drehte sich um und brachte sie zu seinem am Boden liegenden Menschen. Er zögerte kurz, aber nachdem sie ihm nicht wie gewohnt abgenommen wurde, ließ er sie schließlich Rolfsen auf den Brustkorb fallen. Dann legte er sich neben seinem Herrn nieder und platzierte mit einem Seufzer seinen dicken Kopf auf seinen Vorderpfoten.

Einer der beiden Polizeibeamten hatte die Situation schnell erfasst. Er sah Alexander mit scharfem Blick an. „Ich denke, das müssen Sie uns erklären ...!“

Alexander sank auf einem Stuhl zusammen und schlug die Hände vor das Gesicht.

Erich Rottmann ließ die Lektüre sinken und sah nachdenklich zum Fenster hinaus. Draußen gaukelten einige Schneeflocken gegen die Fensterscheiben.

Schließlich setzte er sich auf und betrachtete seinen Hund. „Siehst Du Öchsle, so kann's gehen. Der gute Benno hat seine Pflicht getan und damit sein Herrchen gerächt.“

Er beugte sich herab und streichelte seinem Vierbeiner über den Kopf. Eine Freundlichkeit, die Öchsle mit leichtem Schwanzwedeln erwiderte.

„Du würdest das sicher genauso machen“, stellte Rottmann im Brustton der Überzeugung fest. Dann gönnte er sich einen Schluck und nahm die nächste Geschichte in Angriff.

Pralinen zum Fest

Mit zusammengekniffenen Augen stand Svetlana Müller im Supermarkt vor dem Regal mit den Pralinen und konnte sich nicht entscheiden. Die Auswahl war wirklich enorm. Für ihre Zwecke mussten die süßen Versuchungen aber bestimmte Bedingungen erfüllen. Hermann, ihr Mann, bevorzugte Pralinen mit verführerischer Schokoschale und alkoholischem Kern. Bei diesem speziellen Einkauf hatte aber auch sie ganz besondere Anforderungen an das Konfekt.

Sie nahm eine nach der anderen der aufwändigen Packungen aus dem Regal und studierte mit gerunzelter Stirne die geradezu euphorischen Beschreibungen der Hersteller. Zum Glück hatte sie in den fünf Jahren, die sie jetzt schon in Deutschland verbracht hatte, ihre Deutschkenntnisse so verbessert, dass sie auf fremde Unterstützung nur noch in Ausnahmefällen angewiesen war.

Der Marktleiter, ein aufmerksamer junger Mann, wurde auf die offenbar unentschlossene Kundin aufmerksam. Sicher waren es nicht zuletzt Svetlanas deutlich hervorstechenden körperlichen Vorzüge, welche auch durch die dicke winterliche Jacke nur geringfügig kaschiert wurden, die den jungen Mann zu besonderer Kundenfreundlichkeit anregten.

„Kann ich Ihnen behilflich sein?“ Er hatte sich ihr von der Seite genähert. Svetlanas Parfüm umschmeichelte seine Nasenschleimhäute und regte seine Fantasie an.

Svetlana zuckte erschrocken zusammen.

Sie hatte den Mann nicht kommen hören.

„Ich ..., ich suche ... nach ..."

Der Filialleiter hatte sofort den slawischen Akzent seiner Kundin wahrgenommen und warf sich in Positur.

„Die Kirschpralinen von Rind, die Sie da gerade in den Händen haben sind wirklich erste Wahl. Sehr zu empfehlen! – Darf ich fragen, für wen sie bestimmt sind? Einen Mann oder eine Frau?"

„Sie sind für meinen Mann ...", erwiderte sie etwas zögernd und machte einen kleinen Schritt zur Seite. Der Verkaufsleiter war ihr für ihren Geschmack etwas zu stark auf Tuchfühlung gegangen. „... er mag Kirschlikörkonfekt sehr gerne."

„... dann haben Sie mit diesem Produkt eine ausgezeichnete Wahl getroffen", beeilte sich der Mann zu versichern und nahm ihr die in Zellophan eingewickelte Edelpackung vorsichtig aus der Hand. „Darf ich sie Ihnen als Geschenk einpacken lassen?"

Svetlana schüttelte den Kopf. „Danke, das werde ich selbst machen."

„Gerne", säuselte der Filialleiter. Er rief sich zur Ordnung und kehrte zur neutralen Geschäftsmäßigkeit zurück. Vorsichtig legte er die Schachtel in Svetlanas Einkaufswagen zu den wenigen anderen Gegenständen, die sie darin hatte. „Ich wünsche Ihnen weiterhin einen guten Einkauf!" Dann entfernte er sich eiligen Schrittes.

Die Frau starrte einen Moment in Gedanken versunken auf die Pralinenpackung. Die Zellophanhülle war nur übergeschoben und nach beiden schmalen Seiten offen. Es würde nicht auffallen, wenn sie die Packung öffnete. Kurz entschlossen wendete sie den Einkaufswagen und schob ihn in Richtung Kasse.

Eine Viertelstunde später parkte sie ihren kleinen Stadtwagen in der Auffahrt des Zweifamilienhauses im Ortsteil Grombühl, in dem sie mit ihrem Mann zur Miete wohnte. Svetlana war als Krankenschwester im Universitätsklinikum beschäftigt. Dort hatte sie auch Hermann kennen gelernt, der da als Pfleger angestellt war.

Im Augenblick hatte Hermann Dienst, so dass sie alleine in der Wohnung war.

Sie stellte ihre Einkäufe auf den Küchentisch, dann entledigte sie sich der Jacke. Sie kehrte zum Küchentisch zurück und setzte sich. Sachte strich sie mit den langen, gepflegten Fingernägeln über die Pralinenpackung. Das Zellophan knisterte leise.

Vor fünf Jahren war sie nach Deutschland gekommen, weil sie in ihrer Heimat Russland für sich keine Zukunft gesehen hatte. Dank ihrer Ausbildung als Krankenschwester und ihren annehmbaren Deutschkenntnissen hatte sie im hiesigen Uni-Klinikum sofort eine Stelle bekommen. Wenig später hatte sie sich in Hermann verliebt. Ein Jahr später hatten sie geheiratet.

Hermann war zwar nicht gerade der Mann ihrer Träume gewesen, aber anfänglich war er lieb und bemühte sich sehr um sie. Es dauerte einige Zeit, ehe sie bemerkte, dass Hermann noch einer anderen „Liebe" verfallen war. Ihr Mann war ein Spieler! Sie wurde darauf aufmerksam, als sie merkte, dass das Haushaltsgeld zum Monatsende immer knapper wurde. Ständig fehlte Geld im Portemonnaie.

Es kam zu ersten Streitigkeiten, weil Hermann leugnete, Geld genommen zu haben. Im Gegenteil beschuldigte er Svetlana, es für ihre Zwecke verwendet zu haben. Er warf ihr vor, nicht richtig zu haushalten und zuviel Geld für ihre Kleidung und Kosmetik auszugeben. Als dann ein Schreiben vom Vermieter kam, dass die Miete nicht überwiesen worden sei, begann Svetlana Nachforschungen anzustellen.

Sie folgte ihrem Mann in die Stadt und beobachtete, wie er in einer Spielhölle verschwand. Diese Beobachtung blieb kein Einzelfall.

Als sie ihn daraufhin ansprach, rastete Hermann völlig aus. Der Streit eskalierte und er schlug zum ersten Mal zu. Hinterher entschuldigte er sich weinend und schwor ihr, dass so etwas nie mehr vorkommen würde. Doch der Schwur wurde immer wieder gebrochen ... und es folgten viele Versprechungen dieser Art.

Svetlana hielt ihr Geld zusammen, zahlte die Miete und trug die Kosten des Haushalts. Immer wieder kam Hermann und verlangte von ihr Geld. Wenn sie nicht nachgab, misshandelte er sie.

Hermann und sie waren fünf Jahre verheiratet, als sie eines Tages den jungen Assistenzarzt Dr. Thomas Furler kennen lernte. Er war gerade erst in die Klinik gekommen.

Irgendwann sprach er sie auf die blauen Flecke an, die man an ihrem Arm erkennen konnte. Sie versuchte die Angelegenheit zu beschönigen, sprach von einem Unfall im Haushalt. Doch Dr. Furler gab nicht nach. Zwei Wochen später beichtete sie ihm ihre Nöte. Eine Woche später waren sie ein Paar. Dies ging nun schon so seit fast zwei Jahren.

Svetlana stand vom Tisch auf und trug die Packung Pralinen in die Speisekammer, wo sie sie hinter anderen Lebensmitteln versteckte. In drei Tagen war Heiligabend, dann würde er ihr Geschenk bekommen.

Sie ging ins Schlafzimmer und zog sich um. In einer Stunde begann ihre Nachtschicht. Ihr Liebhaber und sie achteten darauf, möglichst viele Schichten gemeinsam zu haben. Sie freute sich schon darauf.

Hermann Müller hängte seinen weißen Kittel in den Kleiderschrank im Personalzimmer. Seine Schicht war zu Ende. Erschöpft lehnte er sich gegen den Schrank und fuhr sich über das Gesicht. Heute war wieder die Hölle los gewesen. Drei Schwerkranke mussten aufgenommen werden. Die Patientin auf Zimmer 2.307 war am späten Nachmittag verstorben.

Müller erhob sich, packte seinen Stoffbeutel und verließ die Station. Er nickte einer Gruppe Ärzte grüßend zu, dann verließ er das Krankenhaus. Da er nicht weit von der Klinik entfernt wohnte, ging er zu Fuß. Eine Wegstrecke, die ihm Gelegenheit bot, etwas Abstand zum Job zu gewinnen.

Das Problem war nur, kaum waren die Gedanken an Tod und Krankheit aus seinem Gedächtnis etwas verdrängt, schob sich die nicht weniger unerfreuliche Situation seiner Ehe in den Vordergrund seines Denkens.

Es grauste ihm davor, sich in die Einsamkeit der Wohnung zu begeben, wo der Spielteufel in allen Winkeln saß und ihn in die Stadt zur nächsten Spielhalle lockte. Es war immer das gleiche: Im Kampf mit dem einarmigen Banditen konnte er seine persönliche Situation verdrängen – bis ihm das Geld ausging und seine Lage dadurch noch schlimmer wurde als sie sowieso schon war. Er wusste, dass er sehr jähzornig war und seine Verzweiflung und sein Schuldgefühl über seine Sucht sich in Gewalt gegen seine Frau äußerten.

Er betrat die Wohnung und blieb einen Augenblick stehen. Mit geschlossenen Augen atmete er ihr Parfüm, das noch wie eine leise Ahnung im Raum schwebte. Er betrat die aufgeräumte Küche und öffnete den Kühlschrank. Bewaffnet mit einer Flasche Bier ging er ins Wohnzimmer und schaltete den Fernseher ein. Es würde wieder ein langer Abend werden, währenddessen er gegen seine Sucht ankämpfte. Er nahm sich fest vor, heute Abend nicht zu verlieren. – Aber das hatte er schon unzählige Male getan.

Der nächste Tag war Heiligabendmorgen. Hermann Müller hatte sich freigenommen, weil er seiner Svetlana zum Christfest ein ganz besonderes Geschenk machen wollte. Seine Frau war noch in der Klinik und würde erst am Nachmittag nach Hause kommen. Selbstverständlich war ihm nicht verborgen geblieben, dass im Krankenhaus über sie und Dr. Furler getuschelt wurde. Ein Umstand, der an seiner Seele nagte. Ihm war bewusst, dass in der speziellen Situation, in der seine Frau und er sich befanden, Reden nicht viel nutzen würde. Svetlana hatte dies schon viel zu oft vergeblich versucht und war immer wieder von ihm enttäuscht worden.

Ohne Zweifel musste er sich etwas Besonderes einfallen lassen, um ihr seine Zuneigung zu zeigen. Weihnachten war dafür besonders geeignet.

Hermann wusste, dass Svetlana für ihr Leben gerne süße Torten aß. Dazu eine heiße Tasse Kakao mit einem kräftigen Schuss Wodka. Dann würde sie in Erinnerungen an ihre Heimat schwelgen.

In den ersten Jahren ihrer Ehe hatte er ihr zum Fest regelmäßig eine Torte gebacken. Später waren es nur noch gekaufte aus der Konditorei. Am Ende fiel diese Aufmerksamkeit irgendwie unter den Tisch.

Hermann war der festen Hoffnung, dass er mit einer selbstgebackenen Torte in Svetlana längst verstummte Saiten zum Klingen bringen konnte.

Gestern hatte er heimlich in den Kochbüchern seiner Frau gestöbert, um das Rezept zu finden, das er vor Jahren immer gebacken hatte. Es handelte sich um eine gehaltvolle Schokotorte, die reichlich mit Pralinen gefüllt werden musste.

Es war gar nicht so einfach gewesen, die verschiedenen Zutaten zu besorgen, ohne dass Svetlana darauf aufmerksam wurde. Zum Glück hatte er gestern in der Speisekammer eine Schachtel mit gefüllten Kirschpralinen gefunden. Ausgerechnet seine Lieblingssorte! Er hatte die Packung gleich wieder zur Seite gestellt, damit er nicht in Versuchung geführt wurde. Diese Pralinen waren für die Torte bestens geeignet!

Nachdem er alle Zutaten bereitgestellt hatte, machte er sich an die Arbeit. Das Rühren des Teiges übernahm die Küchenmaschine. Immer wieder schüttete Hermann die abgemessenen Zutaten in die Maschine, deren Rührbesen alles bestens vermengte.

Das Backen des Tortenbodens gelang, als hätte er es gestern zum letzten Mal gemacht. Der Umluftherd arbeitete sehr zuverlässig. Während er auf die Fertigstellung des Bodens wartete, warf er immer wieder begehrliche Blicke hinüber zu der Pralinenpackung. Wenn er sich eine genehmigte?

Er widerstand, weil er wusste, dass es bei einer nicht bleiben würde.

Mit einem Stück Blumendraht durchtrennte er den abgekühlten Tortenboden horizontal in zwei ungefähr gleiche Hälften. Dann machte er sich an die Zubereitung der Füllung. Hierfür wurden die Pralinen benötigt. Im Wasserbad erhitzte er einen Großteil des Konfekts, bis es schmolz. Der Geruch nach

Kirschlikör erfüllte die ganze Küche. Um eine ausreichende Menge zu erhalten, fügte er noch Schokolade hinzu.

Er runzelte die Stirne. Der Geruch, den das Backwerk verströmte, würde ihn sofort verraten. Obwohl es draußen sehr kalt war, öffnete er das Fenster. Es hatte mittlerweile leicht zu schneien begonnen. Einige der luftig leichten Schneeflocken kamen durchs Fenster gegaukelt, bis sie sich in kleine Wassertröpfchen verwandelten.

Nach Vorschrift rührte er die Tortenfüllung an, bis er eine streichfähige Masse hergestellt hatte. Dann begann er damit, diese mit einem Teigschaber auf der unteren Hälfte des Tortenbodens zu verteilen. Als die Masse gleichmäßig verstrichen war, legte er die obere Hälfte des Bodens darauf. Den Rest der Mischung benötigte er, um die Außenseite des Werkes zu bestreichen. Er verbrauchte sie bis auf den letzten Rest. Bisher hatte er sich jegliche Nascherei versagt. Darauf war er richtig ein wenig stolz.

Als die Torte fertig war, bugsierte er das Kunstwerk auf eine Tortenplatte und transportierte sie hinaus auf den winterlichen Balkon, damit sie abkühlen konnte. Die restlichen Pralinen würde er für die Verzierung benötigen.

Als er sie in den Kühlschrank stellte, zählte er kurz nach. Eine konnte er sich genehmigen. Aber nur eine!

Svetlana kam am späten Nachmittag nach Hause. Schon im Flur bemerkte sie den Backofenduft. Erstaunt hob sie die Augenbrauen.

Hermann lag mitten in der Küche auf dem Rücken. Sein Blick war starr gegen die Decke gerichtet. Seine rechte Hand war auf der Brust in das Hemd verkrallt.

Im ersten Augenblick war sie geschockt. Auf diesen Anblick war sie nicht vorbereitet!

Sie ließ ihre Tasche fallen und kniete sich neben ihrem Mann nieder. Obwohl sie sicher war, dass er nicht mehr lebte, beugte sie sich über seinen Mund und lauschte auf den Atem. Dabei stach ihr ein starker Geruch nach Kirschlikör in die Nase.

Sie sprang auf die Füße und riss die Türe zur Speisekammer auf. Von den Pralinen keine Spur! Sie öffnete den Kühlschrank. Tatsächlich, da stand die angebrochene Schachtel mit den Kirschpralinen. Zwei Drittel des Inhalts fehlten!

Völlig panisch rief Svetlana Dr. Furler an. „Thomas, kannst du bitte sofort zu mir kommen! ... Es ist etwas passiert!"

Er hörte die Panik in ihrer Stimme. „Ich komme!", erwiderte er knapp und unterbrach das Gespräch.

Zehn Minuten später klingelte er an der Türe.

Als er Svetlana zur Begrüßung an sich drücken wollte, wich diese ihm aus. „Jetzt nicht! – Komm ..."

Sie zog ihn in die Küche. Sofort beugte sich der Mediziner über den am Boden liegenden Mann. Er zog ein Stethoskop aus der Manteltasche, öffnete das Hemd des Liegenden an der Brust und lauschte.

Langsam erhob er sich. „Das Zeug wirkt verdammt schnell", kommentierte er knapp. „Er sollte es doch erst an Heiligabend bekommen ..."

„Er hat fast die ganze Packung Pralinen gegessen", erwiderte Svetlana und öffnete die Kühlschranktür. Jetzt, wo das geplante Ereignis so überraschend eingetreten war, verließ sie der Mut. „Was soll ich jetzt tun?"

„Du musst dir keine Sorgen machen. Das Medikament, das du mit den Gelatinekapseln in die Pralinen gedrückt hast, lässt sich schon nach zwei Stunden nicht mehr im Blut nachweisen. – Wir Mediziner reden natürlich nicht darüber, aber es gibt ihn wirklich, den perfekten Mord." Er rieb sich über den Mund. „Wir machen es, wie besprochen. Er ist wahrscheinlich noch nicht länger als eine Stunde tot. Du lässt die restlichen Pralinen samt Schachtel verschwinden. Du wartest noch eine Stunde und rufst dann den Notarzt. Der wird Herzversagen feststellen ... mehr nicht. Sollte, was unwahrscheinlich ist, doch eine Obduktion durchgeführt werden, wird sie auch kein anderes Ergebnis bringen. Da sei mal ganz beruhigt." Er wandte sich in Richtung Türe.

„Du kannst mich doch jetzt nicht alleine lassen!" Svetlana warf sich ihm in die Arme und krallte sich an ihm fest.

Furler runzelte die Stirne. „Es wäre nicht gut, wenn man mich hier bei dir sehen würde. Das hatten wir doch besprochen."

„Bitte, noch eine Viertelstunde!"

Furler strich ihr über die Wange. „Okay. Hast du was dagegen, wenn ich eine Zigarette rauche?" Er ging zum Balkon. „Du kannst ja zwischenzeitlich die restlichen Pralinen ins Klo entsorgen. Spül aber ordentlich nach, dass sie auch tatsächlich über den Jordan sind." Er kicherte leise über diese seiner Meinung nach gelungene Metapher.

Svetlana sah den Mann mit Erstaunen an. Fast kam es ihr vor, als sähe sie ihn heute zum ersten Mal. So viel Kaltblütigkeit hätte sie ihm dann doch nicht zugetraut.

Sie packte die Pralinenschachtel und eilte in Richtung Bad. Plötzlich wurde ihr übel. Ehe sie noch die Pralinen beseitigen konnte, überkam es sie und sie erbrach sich in die Kloschüssel.

Obwohl sie beide Müllers Tod geplant hatten und sie

eigentlich über die Befreiung von dem Tyrannen hätte froh sein müssen, schlug ihr das Gewissen.

Es dauerte einige Zeit, ehe sie sich soweit erholt hatte, dass sie die Pralinen wegschütten und wieder in die Wohnung zurück konnte.

Als sie die Küche betrat, saß ihr Liebster am Küchentisch, vor sich ein Kuchenteller und darauf ein ordentliches Stück einer Schokoladentorte, die neben ihm auf einer Kuchenplatte stand.

„Du hast doch sicher nichts dagegen, dass ich von deiner Torte koste. Eine kleine Belohnung habe ich mir doch verdient. Ich esse Schokoladentorte für mein Leben gern." Er stach sich ein ordentliches Stück von Kuchen ab und schob es in den Mund.

Svetlana erfasste die Szene mit starrem Blick. Hinter ihrer Stirne rasten die Gedankenfetzen und fügten sich wie in Zeitlupe zu einem Puzzle zusammen. Die Pralinenschachtel war fast leer gewesen. Um einen Menschen zu töten, reichte aber eine einzige Praline. Jetzt fiel es ihr wie Schleier von den Augen. Sie wusste, wo die übrigen Kirschpralinen geblieben waren. – Doch es war bereits zu spät. Als sich der Schrei aus ihrem Mund löste, hatte Thomas den Bissen bereits hinuntergeschluckt.

Giftmorde sind eigentlich nicht so häufig, aber wenn, werden sie häufig von Frauen ausgeführt. Gift ist einfach die unblutigere Mordmethode. Rohe Gewalt ist mehr Sache von Männern.

Beiläufig warf Rottmann einen Blick auf seine Armbanduhr. Es war schon erstaunlich, wie beim Lesen die Zeit verging!

Er legte das Buch zur Seite. Noch ein guter Schluck, dann war das Glas leer. Schade eigentlich, im Bocksbeutel war noch etwas drin. Aber er hatte sich heute vorgenommen, zu Elvira zu laufen. Sie wohnte im Ortsteil Heidingsfeld. Eine gute Gelegenheit für Öchsle, sich vor dem Fest noch etwas Bewegung zu verschaffen.

Schließlich schenkte sich Rottmann doch den Rest ein. Man konnte den Wein doch nicht verkommen lassen. Es war ja auch noch Zeit für eine kurze Geschichte ...

Faucher, der Vagabund

Faucher war ein Kater und das, was man gemeinhin einen Streuner nannte. Ein Vagabund, der sich in der warmen Jahreszeit im Ringpark und sonstigen Grünanlagen der Stadt herumtrieb. Ein Casanova, was sein Liebesleben betraf, ein Feinschmecker, wenn man von seinen Fressgewohnheiten sprechen wollte. So manche leichtsinnige Taube war seinen scharfen Krallen schon zum Opfer gefallen. Faucher war aber auch ein Kämpfer, der unter seinesgleichen gefürchtet und respektiert war. Zahlreiche Narben und Schmisse an seinem Körper zeugten von seinen mehr oder weniger schwer erkämpften Siegen.

Wenn sich dann die Jahreszeit gen Winter entwickelte, die Nächte kalt wurden und die Katzen von Amore nichts mehr hielten, suchte sich Faucher eine Gastfamilie. Er war dabei durchaus wählerisch und akzeptierte nicht jede Familie. Voraussetzung war Wärme, anständiges Futter und ... viel Toleranz gegenüber seinen speziellen charakterlichen Eigenheiten. Von letzten besaß Faucher ein erkleckliches Quantum.

Dieses Jahr wollte es mit seiner Familienwahl nicht so richtig klappen. Einige „Wunschvermieter“ waren bereits von Hunden besetzt. Hunde und Faucher? Eine undenkbare Kombination!

Es war mittlerweile zwei Tage vor Weihnachten. Es hatte draußen schon geschneit und Faucher hatte noch keinen Unterschlupf. Er hatte sich mehrere Tage aus Abfalltonnen ernähren müssen. Ein untragbarer Zustand und absolut unter seiner Würde! Am späten Abend strich er durch die Wohnsiedlung der Gartenstadt. Es hatte wieder geschneit und er fror an den Pfoten.

Es war wie verhext: Alle Terrassentüren der Häuser waren verschlossen. Faucher konnte im Schein des Lichtes die Menschen sehen, die es sich in der Wärme gemütlich gemacht hatten. In einigen Wohnzimmern standen schon geschmückte Weihnachtsbäume.

Als der Kater gerade schon mit einer Bleibe in einer offenen Garage vorlieb nehmen wollte – immerhin war es zwischenzeitlich schon nach Mitternacht – entdeckte er in einer Parterrewohnung ein offenes Fenster.

Ohne zu zögern nahm er Anlauf und erreichte mit der seiner Art eigenen Gewandtheit das Fensterbrett. Er setzte sich in den Winkel des Fensters und starrte aufmerksam in das dunkle Zimmer. Auf einer Couch konnte er einen Menschen erkennen. Den Geräuschen nach schlief er. Warme Luft schlug ihm entgegen. Wärme war bestens – der Rest würde sich schon irgendwie geben.

Faucher hatte seine Entscheidung getroffen. Ohne Zögern sprang der Kater los.

Plötzlich spürte er im Sprung einen unangenehmen Widerstand. Irgendetwas schnitt ihm in die Brust. Ehe er jedoch reagieren konnte, zerriss ihm ein ohrenbetäubende Knall fast den Schädel.

Mit einem panischen Schrei landete Faucher auf dem Boden des Raumes, drehte sich blitzartig auf den Hinterläufen herum und verschwand mit einem olympiareifen Satz wieder nach draußen.

Schlagartig gingen in der Nachbarschaft die Lichter an.

Einer der Nachbarn griff zum Telefon und verständigte die Polizei.

Oliver delMonte war ein Künstler. Manche waren sicher auch der Meinung, dass er ein Spinner war. Möglicherweise war das Letztere die Voraussetzung für das Erstere. Wobei hier nicht behauptet werden soll, dass das Erstere immer die Voraussetzung für das Letztere sei.

Oliver delMonte war jedenfalls Bühnenbildner im Mainfranken-Theater. Im Augenblick arbeitete er gerade an einer Installation, die im Bühnenbild für die komische Oper *Der Wildschütz* zum Einsatz kommen sollte, um die moderne Inszenierung des Gastregisseurs Carlo Cappellioni aus Rom zu untermalen. Schon am Ende der Ouvertüre dieser Oper erschallt im Hintergrund ein Schuss, der das Publikum auf das kommende Geschehen einstimmen sollte.

Cappellioni wollte diesen Schuss auf spektakuläre Weise in Szene gesetzt haben. Während der Ouvertüre sollte die Aufmerksamkeit der Zuschauer auf ein mitten auf der Bühne installiertes Gewehr gerichtet werden, das zum richtigen Zeitpunkt per Fernauslösung einen Schuss abgeben sollte. Der Regisseur wünschte sich ein ordentliches Mündungsfeuer.

Oliver delMonte wollte das schwierige Problem der ferngesteuerten Schussabgabe durch eine unsichtbare Angelschnur lösen, die – um den Abzug des Gewehres gewickelt –, im richtigen Augenblick von ihm gezogen werden musste.

Ein Perfektionist wie er nun einmal war, hatte er sich aus dem Fundus den alten Kriegskarabiner besorgt, den er zum Einsatz bringen wollte. Zuvor wollte er aber zu Hause noch experimentieren, damit auch alles klappte. Selbstverständlich vorerst ohne Knallmunition, obwohl er sich rein vorsorglich eine Schachtel mitgenommen hatte.

Er wollte zunächst das Problem einer standfesten Montage lösen, die so stabil ausfallen musste, um auch einen ordentlichen Rückstoß auszuhalten. Denn ein gut sichtbares Mündungsfeuer verlangte auch eine entsprechend starke Ladung der Platzpatrone.

Jetzt hatte er das Gewehr erst mal über die Lehnen zweier Stühle gelegt und mit Kabelbindern befestigt. Die Angelschnur war am Abzug befestigt. Die Mündung zeigte auf die Wand knapp oberhalb der Couchlehne. Er dämpfte das Licht, so dass es in etwa der geplanten Bühnenbeleuchtung entsprach. – Die Angelschnur war nicht zu sehen.

Spontan stellte Oliver fest, dass er dringend eine schöpferische Pause benötigte. Er öffnete das Fenster – das Gewehr verbreitete einen unangenehmen Geruch nach Waffenöl – und verließ seine Wohnung.

Mit der Buslinie 6 fuhr er in die Stadt, um sich in einer der Kneipen in der Sanderstraße ein paar Cocktails zu genehmigen.

Durch Zufall traf er dort im *Sioux* Pierre, seinen Verflossenen. Von Pierre hatte er sich vor zwei Wochen getrennt, weil er sich in einen der Balletttänzer verliebt hatte, der seit kurzem im Stadttheater mit seiner Gruppe gastierte. Ein herrlicher Jüngling, dem Oliver sofort verfallen war.

Pierre litt selbstverständlich sehr unter der Trennung und wäre am liebsten sofort aus der Kneipe verschwunden, als er Oliver entdeckte. Doch Oliver winkte ihm zu, gesellte sich zu ihm und begann ein Gespräch. Unter Erwachsenen müsse es doch möglich sein, eine derartige Trennung ohne Hass und Ärger zu vollziehen, erklärte er und meinte, man könne doch weiterhin befreundet bleiben. Zum Zeichen seines guten Willens würde er ihm auch gerne einen Cocktail spendieren.

Zwischen Pierre und Oliver blieb es nicht bei dem einen Drink. Besonders Oliver sprach dem süffigen Stoff überreichlich zu und wurde langsam richtig schön blau. Dabei erläuterte er Pierre in allen Einzelheiten das schwere künstlerische Problem, mit dem er sich gerade herumschlagen musste. Pierre hörte ihm anteilnehmend zu. Pierres Gefühle für Oliver waren, wie gesagt, noch immer nicht erloschen.

Irgendwann stellte Pierre, der dank seiner Zurückhaltung nüchterner geblieben war, fest, dass er seinen Ex nun nach Hause bringen würde. Oliver war einverstanden und Pierre rief ein Taxi.

Auf der Keesburg angekommen, zahlte Pierre den Chauffeur und packte Oliver am Arm. Er konnte – selbstverständlich ohne jeglichen Hintergedanken – Oliver in dem Zustand unmöglich alleine lassen.

Kaum hatten sie die Wohnung betreten, bekam Oliver überraschenderweise einen Energieschub und nahm die Realität wieder wahr.

„Was willst du denn hier?“, fragte er lallend und sah Pierre an, als hätte er ihn heute Abend zum ersten Mal wahrgenommen.

Pierre säuselte ein bisschen, doch Oliver blieb hart. „Mit uns ist es aus ...!“, plärrte er mit der unkontrollierten Lautstärke eines Betrunkenen. „Los, verpiss dich!“

Mit einem lauten Plumps ließ er sich auf die Couch fallen. Direkt vor die Mündung des Gewehrs.

Wütend und gekränkt, wie Pierre nun war, brachte ihn dies auf eine Idee. Sein suchender Blick fiel auf die Schachtel mit

Gewehrpatronen, die auf dem Tisch lag. Das mussten die Platzpatronen sein, von denen Oliver gesprochen hatte. Er öffnete die Schachtel und nahm mit zitternden Fingern eine Patrone heraus.

Oliver schnarchte. Er bekam nichts mehr mit.

Pierre hatte zwar keine Ahnung von Waffen, aber irgendwie konnte er sich schon vorstellen, wie man so eine Patrone in das Gewehr laden musste. Es gelang ihm nach einigen Versuchen, den Verschluss zu öffnen, dann fummelte er die Patrone hinein. Er verschloss die Waffe in umgekehrter Reihenfolge. Es klemmte nichts, also musste er es irgendwie richtig gemacht haben.

Jetzt nahm er das lose Ende der Angelschnur, dessen Gegenseite um den Abzug gebunden war und befestigte es um Olivers Knie. Wenn der Treulose sich irgendwann in der Nacht erheben würde, was sicher nicht lange dauern würde, weil es im Raum wegen des geöffneten Fensters richtig ungemütlich kalt war, ... dann Rumms!

Als er sich den Schrecken seines Verflossenen vorstellte, stieß er ein Lachen aus, dann verließ er die Wohnung. Auf dem Weg bemerkte er beiläufig eine große Katze, die im Garten des Grundstücks verschwand.

Als die alarmierte Polizei eintraf, fand sie delMonte tot vor. Das Projektil des Gewehrs war in seinen Schädel eingedrungen und hatte das Gehirn über die ganze Wand verspritzt.

Die Beamten stellten fest, dass sich in der Patronenpackung auf dem Tisch neben Knallmunition auch scharfe Patronen befanden. Der Chef des Fundus des Stadttheaters, der für die Waffen verantwortlich war, erklärte später, dass er, da es auf dem Markt für diese Waffen keine Platzpatronen gab, scharfe

Patronen zu Knallpatronen umfunktionierte. Offenbar hatte sich Oliver delMonte aber entgegen seiner Anweisung eine Schachtel genommen, die beide Munitionssorten enthielt. Ob aus Versehen oder aus selbstmörderischer Absicht, konnte er nicht sagen. Er wusste nur, dass delMonte gerade eine gescheiterte Beziehung hinter sich hatte und deshalb womöglich ...?

Der Fall wurde letztlich als inszenierter Selbstmord zu den Akten gelegt. Schließlich gab es keine Anzeichen dafür, dass Fremdverschulden vorlag. Oliver hatte sich betrunken, die Waffe geladen, sich die Angelschnur um das Knie gebunden und dann ...

Die Herkunft einiger Katzenhaare, die auf dem Boden des Zimmers gefunden wurden, konnte nicht geklärt werden, waren aber in diesem Fall auch nicht von Relevanz.

Pierre, der, als er die Nachricht erhielt, einen Schock bekam, konnte zur Sache nur wenig aussagen. Er besaß Geistesgegenwart genug, seinen nächtlichen Besuch zu verschweigen. Insgeheim war er froh, dass er wegen der Kälte in dieser Nacht Handschuhe getragen hatte. Fingerspuren von ihm waren daher an der Waffe nicht zu finden gewesen.

Faucher hatte sein anfängliches Knalltrauma zwischenzeitlich auskuriert. Er gastiert mittlerweile bei einer alten Dame in der Seinsheimstraße, die nun jemand hat, den sie am Weihnachtsabend mit einer Dose feinsten Katzenfutters der Marke Muschi verwöhnen kann.

Übrigens: *Der Wildschütz* wurde wegen des dramatischen Vorfalls ohne Gewehrschuss inszeniert. Den Schuss ersetzte ein lauter Paukenschlag.

Diese Geschichte warf eine Frage auf, die ihn schon in seiner aktiven Zeit als Leiter der Würzburger Mordkommission immer wieder beschäftigt hatte. Wie viele der ungeklärten Tode, die der Polizei gemeldet und dann als Unfälle deklariert werden, sind nicht erkannte Morde?

Während er den Rest Wein im Glas schwenkte, fiel ihm eine Geschichte ein, die er in seiner Anfangszeit als Leiter des Morddezernats erlebt hatte. Damals hatte der erste Anschein ihn auch das Vorliegen eines Verbrechens vermuten lassen. Ein Fall, der, wenn er es sich recht überlegte, auch sehr gut in dieses Buch gepasst hätte. Manchmal schrieb das Leben die spannendsten Geschichten.

Rottmann lehnte sich zurück und betrachtete nachdenklich seinen schlafenden Hund. Wie war das nur wieder gewesen?

Wenn er sich recht erinnerte, war es Anfang der achtziger Jahre, am Tag vor Heiligabend. Er saß in seinem Büro, als die Einsatzzentrale ihm einen Anruf meldete …

Ein ganz spezieller Mord

„... hier Rottmann."

„Einsatzzentrale, Polizeihauptmeister Müller. – Wir haben soeben einen merkwürdigen Anruf bekommen. Ein anonymer Anrufer hat uns mitgeteilt, dass es in Würzburg, in der Textorstraße, in einer Bierkneipe namens *Hans Huckebein* einen Mord gegeben hätte.

Der Anrufer klang ziemlich aufgeregt. – „Was soll ich machen? Soll ich erst mal eine Streife hinschicken? Den Notarzt habe ich bereits verständigt."

Rottmann überlegte kurz, dann erwiderte er: „Nein, ich werde selbst hinfahren. Ich weiß, wo die Kneipe ist."

Erster Kriminalhauptkommissar Rottmann legte den Hörer auf, dann erhob er sich und eilte in das Büro nebenan, in dem sein Assistent Deichler seinen Schreibtisch stehen hatte.

„Wir haben einen Einsatz", erklärte er seinem Mitarbeiter, der gerade ein Gutachten der Rechtsmedizin studierte. „Angeblicher Mord in der Textorstraße in einer Kneipe. – Keine weiteren Informationen. Der Anrufer hat aufgelegt."

Deichler, der den Kommissarlehrgang noch nicht lange hinter sich hatte, sprang eifrig auf. „Ich gehe runter in die Tiefgarage und hole den Dienstwagen."

Rottmann nickte. „Ich komme dann in den Hof."

Er ging zurück in sein Büro, griff sich den Telefonhörer und gab den Kollegen von der Spurensicherung einen Hinweis, dass heute noch mit einem Einsatz zu rechnen sei.

Dann zog er seine warme Jacke über und verließ das Büro.

Deichler, der das Steuer übernommen hatte, wählte nicht den Weg durch die Stadt. Der vorweihnachtliche Trubel hätte sie nur aufgehalten.

„Wundert mich eigentlich, dass die Kneipe um diese Uhrzeit offen hat. Soweit ich weiß, macht der Wirt doch erst abends auf."

„Wir werden es gleich erfahren", murmelte Rottmann. Es war schon merkwürdig, dass ausgerechnet um das sogenannte Fest der Liebe herum immer wieder Gewaltstraftaten begangen wurden.

Sie hätten die Kneipe gar nicht verfehlen können, da bereits ein Rettungswagen und ein Notarztauto vor der Tür standen.

Deichler stellte den Polizeiwagen einfach dahinter, dann stiegen sie aus.

Die Kneipe besaß zwei große Fensterscheiben. Eigentlich sahen sie eher wie Schaufenster aus. Vermutlich war das vorher mal ein Ladengeschäft gewesen, überlegte Rottmann. Die Sicht war durch Grünpflanzen verdeckt, die fast die ganze Fensterfront zuwucherten.

Rottmann öffnete die Tür. Mit einem Blick erfasste er die Szene.

Der Innenraum war im Neo-Westernstil eingerichtet. Grobe, geölte Holzdielen, wackelig wirkende kleine Tische und entsprechende Stühle. Wahrscheinlich aus dem Fundus einer drittklassigen Westernproduktion aufgekauft. An den Wänden hingen Poster und emaillierte Werbeschilder aus den fünfziger Jahren. An der schmalen Seite der Wand lag ein Westernsattel am Boden. Im Raum roch es stark nach kaltem Zigarettenrauch und Alkohol.

Der Notarzt und zwei Assistenten knieten neben einer am Boden liegenden männlichen Gestalt. Um den weißhaarigen Kopf herum hatte sich eine große Blutlache gebildet.

„Rottmann, Mordkommission", stellte sich Rottmann kurz vor. Der Arzt nickte knapp, ließ sich aber bei seiner Arbeit nicht stören. „Wir sind gleich soweit, dann können wir ihn abtransportieren", erklärte er knapp.

Rottmann sah etwas verwundert auf ihn herunter. „Wieso mitnehmen? Uns wurde ein Mord gemeldet. Er ist doch wohl ein Fall für die Rechtsmedizin."

Der Arzt schüttelte den Kopf. „Zum Glück nicht. Er hat zwar einen harten Schlag auf den Kopf bekommen und viel Blut verloren, auch ein Schädelbruch ist nicht auszuschließen, aber vorerst haben wir ihn stabil." Er gab seinen Assistenten eine Anweisung und die eilten hinaus, um aus dem Rettungswagen die Tragbahre zu holen.

„Haben Sie eine Ahnung, wer er ist", wollte Rottmann wissen.

Der Arzt wies in eine Ecke der Kneipe. „Der Mann dort sagt, dass es sich um den Wirt handelt. Er behauptet, er hätte ihn so zugerichtet."

Der Leiter der Mordkommission blickte erstaunt in die angegebene Richtung. Er hatte den Mann, der still in der Ecke auf einem der Stühle saß, bis jetzt noch nicht bemerkt.

Rottmann und Deichler mussten den beiden Männern ausweichen, die mit der Trage hereinkamen. Dabei näherten sie sich der merkwürdigen Gestalt.

Der Mann war dick angezogen. Es war zu sehen, dass er die verschiedensten Kleidungsstücke übereinander trug. Auf dem Kopf hatte er eine Pelzkappe aus Kaninchenfell, deren Ohrenklappen herunter gezogen und unter dem Kinn zusammengebunden waren. Von seinem Gesicht war wegen eines dichten, grauen Vollbartes fast nichts zu sehen. Als die beiden Kriminalbeamten näher kamen, schlug ihnen eine Wolke sehr strenger Körperausdünstung entgegen, eine exquisite Mischung aus Schweiß, Urin und Alkohol.

Rottmann verzog das Gesicht und warf Deichler einen bezeichnenden Blick zu. Es gab keinen Zweifel, dass der Mann reichlich getrunken hatte. Irgendwie kam er ihm bekannt vor.

„Das ist der Legionär", flüsterte Deichler ihm unaufgefordert zu. „Ein alter Stadtstreicher. Bekannt, wie ein bunter Hund. – Dass der den Wirt umbringen wollte, kann ich mir fast nicht vorstellen. Er erzählt zwar immer, dass er früher in der Fremdenlegion gekämpft hat ... aber das ist meines Erachtens nur Angabe, um den Leuten ein paar Mark für billigen Fusel abzuschwatzen. Wahrscheinlich kann er keiner Fliege was zuleide tun."

„Ich war's ...", kam es da etwas lallend aus dem Bartgestrüpp. Seine Stimme hatte den Klang eines Reibeisens. „Ich war's ... ich geb's zu ..." Er hob langsam seine Hände und streckte sie den beiden Beamten theatralisch entgegen.

Rottmann beachtete die Geste nicht. „Was waren Sie?"

„Na .. das da", erwiderte er und deutete mit dem Finger auf die Trage, die soeben aus dem Raum gebracht wurde. „Ich hab dem Conni eins über die Rübe gezogen ... Ich war's, ich geb's zu." Er hob wieder seine Hände, dabei machte er den Versuch, sich zu erheben. – Was allerdings nicht gelang, so dass er wieder schwer auf den wackeligen Stuhl krachte.

„Jetzt mal langsam", erwiderte Rottmann und zog sich einen Stuhl heran. „Sie werden mir jetzt mal schön der Reihe nach erzählen, was hier vorgefallen ist."

Der Legionär sah den Polizisten unter buschigen Augenbrauen hervor verwundert an. „Ich muss doch jetzt verhaftet werden“, nuschelte er.

„Jetzt erzähl schon“, forderte Deichler ihn etwas ungeduldig auf. Erich Rottmann gab ihm allerdings einen Wink, sich zurückzuhalten.

„Ich hab Durst“, krähte der Mann plötzlich unvermutet. „Ich brauch was zu trinken.“

„Sie haben vorerst genug“, besänftigte Rottmann ihn geduldig. „Jetzt sagen Sie mal, was hier los war. – Haben Sie die Polizei angerufen?“

Der Legionär sah Rottmann aus seinen kleinen Schweinsaugen listig an. Mit einem Mal hatte der Kommissar gar nicht mehr den Eindruck, dass der Mann so betrunken war, wie es den Anschein hatte.

„Ich bin hier durch die Straße gelaufen. Da hab ich den Conni vor dem Huckebein getroffen. Er hat aus seinem Geländeschlitten gerade Schnaps ausgeladen und hier rein getragen.“

„Conni ist der Verletzte?“, fragte Rottmann dazwischen.

„Conni ist der Wirt. Der, den sie gerade hier rausgetragen haben ... dem ich eins über die Rübe gegeben habe.“

„Mal langsam. – Sie haben also Conni vor der Kneipe getroffen. Was war dann?“

Der Legionär musste kräftig rülpsen und gab dadurch einen zusätzlichen Schwall schlechter Luft frei. Die beiden Kriminalbeamten hatten Mühe, diesen säuerlichen Geruch zu ertragen.

„Ich hab den Conni gefragt, ob er mir einen Schnaps ausgibt. – Der Conni hat mir schon öfter mal einen ausgegeben, müssen Sie wissen. – Heute war er aber total stinkig und hat mich einfach stehen lassen. Ich bin dann hinterher. Da hat er mich angeschrien und mich einen alten, stinkenden Penner genannt."

Der Legionär wischte sich mit dem Handrücken über die Nase. „Das muss ich mir nicht gefallen lassen! – Wir haben uns dann gestritten. Als er mich am Mantel gepackt hat, um mich rauszuwerfen, ist mir ganz einfach der Kragen geplatzt. Da habe ich eine der Schnapsflaschen genommen und sie ihm über die Rübe gezogen …" Er kicherte, fuchtelte mit der Hand in der Luft herum und deutete dann auf eine Reihe von Flaschensplittern, die in der Nähe der Stelle erkennbar waren, wo der Verletzte gelegen hatte.

„Conni ist umgefallen, wie ein nasser Sack." Auffordernd sah er die beiden Polizisten an und streckte ihnen wieder seine Arme entgegen.

„Gibt es Zeugen?", wollte Deichler wissen.

Der Mann schüttelte nur den Kopf.

Deichler sah seinen Chef fragend an.

Rottmann zuckte mit den Schultern. Der Mann hatte ein Geständnis abgelegt. Obwohl Rottmann erhebliche Zweifel an dem geschilderten Geschehensablauf hatte – irgendwie hatte er ein ungutes Gefühl – blieb ihm im Augenblick nichts anderes übrig, als den Mann zu verhaften. Er hatte keinen festen Wohnsitz. Aber immerhin war es ja doch möglich, dass er die Wahrheit sagte.

„Rufen Sie eine Streife. Sie sollen ihn mitnehmen und erst mal bei uns in die Ausnüchterungszelle bringen. Protokoll nehmen wir auf, wenn er wieder nüchtern ist. Jetzt hat das sowieso keinen Zweck. Außerdem sagen Sie bitte der Spurensicherung Bescheid, damit sie den Tatort hier aufnimmt."

Deichler nickte und ging hinaus zum Wagen, um über Funk eine Streife anzufordern.

Der Legionär saß mittlerweile ruhig auf seinem Stuhl und betrachtete die Einrichtung. Rottmann konnte sich nicht ganz des Eindrucks erwehren, als wäre der Mann über den Ablauf des Geschehens nicht gerade unzufrieden. Wenig später brachte eine Streifenbesatzung den Legionär weg.

Als die Spurensicherung eingetroffen war, verließen Rottmann und Deichler den Tatort.

Stunden später kam Deichler in Rottmanns Dienstzimmer und legte ihm das Protokoll mit der Aussage des Legionärs auf den Schreibtisch.

Verwundert las der Leiter des Morddezernats die wenigen Zeilen. „Was soll das: Der Beschuldigte verweigerte die Aussage. In der Kneipe hat er doch gesungen, wie ein Vögelchen."

Deichler zuckte mit den Schultern. „Jetzt wollte er plötzlich nichts mehr sagen. – Vielleicht, weil die Wirkung des Alkohols zwischenzeitlich nachgelassen hat...? Keine Ahnung."

„Wo ist er jetzt?", wollte Rottmann wissen.

„Auf dem Weg in die Untersuchungshaft."

„Gut, dann wird er morgen dem Haftrichter vorgeführt. – Ich werde gleich morgen früh mal versuchen, mit dem Verletzten zu sprechen ..., wenn er dann schon ansprechbar ist. – Rufen Sie morgen doch bitte mal in der Klinik an."

„Heiligabend?"

Rottmann zuckte mit den Schultern. „Der Haftrichter wird Einzelheiten wissen wollen. Da können wir leider keine Rücksicht auf Weihnachten nehmen."

Deichler seufzte leise, dann verließ er das Büro. Sein neuer Chef war Junggeselle, der hatte keine Probleme mit einer verärgerten Ehefrau. Eigentlich hatte Deichler vormittags in der Stadt noch ein Geschenk einkaufen wollen.

Erich Rottmann war nicht ganz so unsensibel, wie Deichler geglaubt hatte. Am nächsten Tag erklärte er, dass er die Vernehmung des Verletzten selbst übernehmen werde, so dass Deichler noch seine Besorgungen machen konnte.

Der Wirt des Huckebein hieß Conni Weihrauch, wie Rottmann zwischenzeitlich ermittelt hatte.

Als der Kommissar das Dreibettzimmer in der Unfallchirurgie des Juliusspitals betrat, lag der Patient in seinem Bett und schlief. Der Arzt hatte Rottmann Sprecherlaubnis gegeben, allerdings nur zehn Minuten. Connis Kopfverletzungen waren zum Glück nicht so schlimm wie ursprünglich befürchtet. Kein Schädelbruch, nur eine heftige Gehirnerschütterung und eine ordentliche Platzwunde.

Trotzdem war der weiße Turban, den man ihm verpasst hatte, beeindruckend. Über einen Zugang tropfte eine Infusionsflüssigkeit in seinen Handrücken.

Erich Rottmann holte sich einen Stuhl heran, dann setzte er sich neben das Bett des Verletzten und räusperte sich verhalten. Conni schlug langsam die Augen auf und sah den Kriminalbeamten etwas verwirrt an.

„Grüß Gott, Herr Weihrauch, Rottmann ist mein Name. Ich bin von der Kripo und untersuche den Mordversuch auf Ihre Person." Beiläufig hielt er seinen Dienstausweis in die Höhe. „Ihr Arzt hat mir erlaubt, dass ich ein paar Minuten mit Ihnen sprechen kann. – Wenn es Sie jedoch zu sehr anstrengt, müssen Sie es sagen, dann verschieben wir die Angelegenheit. Allerdings wäre es wichtig, dass Sie ein paar Angaben machen, damit wir wissen, ob wir den richtigen Täter festgenommen haben."

Der Wirt sah Rottmann fragend an: „Welchen Täter?" Seine Stimme klang etwas gequält, seine preußische Herkunft war aber schon nach diesen beiden Worten feststellbar.

Rottmann war klar, dass der Mann von dem Schlag Gedächtnislücken haben konnte und erklärte ihm mit einigen Sätzen den Sachverhalt.

Conni Weihrauch gab ein krächzendes Geräusch von sich, das offenbar als Lachen gedacht war. Sofort verzog er schmerzhaft sein Gesicht. Als er wieder reden konnte, meinte er: „Hat Ihnen das der Legionär erzählt?"

Rottmann nickte.

„Das ist ein alter Gauner! Dem dürfen Sie kein Wort glauben!" Er schloss kurz die Augen, dann fuhr er fort: „Ich habe gestern für die Kneipe eingekauft und die Sachen reingetragen, als der Legionär vorbei kam. Der alte Schnorrer kommt öfter mal bei mir vorbei, weil ich ihm ab und zu einen Schnaps spendiere. – Weiß ich, sollte ich nicht machen, aber irgendwie mag ich das Schlitzohr ..." Er machte eine kurze Verschnaufpause.

„Als ich die Kiste in den Schankraum reintrug, tappte er mir hinterher. Ich dachte noch, was soll's, kurz vor Weihnachten kann er von mir aus einen Kurzen abhaben.

Jedenfalls, der Legionär geht zur Toilette und ich trage die Kiste zum Tresen. Da sehe ich am Boden eine Schraube liegen. Ich bücke mich, um sie aufzuheben, in dem Moment bekomme ich einen gewaltigen Schlag auf den Hinterkopf ... seitdem habe ich einen Filmriss."

„... also kann es durchaus der Stadtstreicher gewesen sein, der sie ..."

Conni winkte matt ab. „Das hätte ich gehört. Die Toilettentür quietscht ziemlich laut. – Ich vermute etwas anderes. Der alte Westernsattel, der an der Wand hängt, ist schon zweimal runter gekracht. Er ist ziemlich schwer und die Dübel halten in den schlechten Wänden kaum. Wahrscheinlich stammte die Schraube von der Tragevorrichtung. Das Teil muss mich, als ich mich nach der Schraube bückte, voll erwischt haben."

Rottmann bedankte sich bei Conni Weihrauch und wünschte ihm gute Besserung, dann verließ er das Krankenzimmer. Die Angaben des Wirts konnten leicht überprüft werden. Die Spurensicherung würde entsprechende Hinweise gefunden haben.

Rottmann schlenderte in Richtung Polizeidirektion. Aber warum, in Gottes Namen, behauptete der Legionär, den Wirt niedergeschlagen zu haben?

Rottmann änderte die Richtung. Sein neues Ziel war die Justizvollzugsanstalt in der Ottostraße. Dieses Rätsel würde er heute noch lösen. Schließlich war Weihnachten und wer ließ schon gerne jemand an diesem Tag unschuldig im Gefängnis schmoren.

Wenig später saß Rottmann im Vernehmungszimmer der Justizvollzugsanstalt. Einer der Beamten war unterwegs, um den Legionär, der mit richtigem Namen Matthias Knoblauch hieß, zu holen.

Es dauerte nicht lange, dann wurde er vorgeführt. Aber wie hatte er sich verändert! Er trug saubere Anstaltskleidung, seine Haare waren geschnitten und er verströmte einen sauberen Geruch.

„Tach, Herr Kommissar", grüßte er knarrend und ließ sich auf dem Stuhl vor dem Schreibtisch nieder.

„Grüß Gott, Herr Knoblauch." Rottmann musterte seinen Gegenüber mit ernster Miene.

Der Legionär verzog sein Gesicht, als hätte er Zahnschmerzen. „Bitte, Herr Kommissar, lassen Sie es beim Legionär. Der Knoblauch hat nicht mehr viel mit mir zu tun."

Rottmann nickte, dann beugte er sich vor und sah den Mann eindringlich an. „Sie erzählen mir jetzt, was wirklich in der Kneipe vorgefallen ist, sonst werde ich ziemlich sauer!"

„Wieso, ich habe doch meine Aussage gemacht ..."

„Ich habe vor einer Stunde mit Conni Weihrauch gesprochen. Er hat Sie völlig entlastet. – Wie kommen Sie eigentlich dazu, mir solch einen Bären aufzubinden? Wissen Sie, dass das Vortäuschen einer Straftat strafbar ist?"

„Ja, weiß ich", gab der Mann wenig beeindruckt zurück. Der Kommissar hatte eher den Eindruck, dass ihn diese Tatsache fröhlich stimmte.

„Warum machen Sie dann solche Scherze? Heute ist Heiligabend und Sie sitzen im Knast! Das muss doch fürchterlich sein."

„Überhaupt nicht!", erwiderte der Legionär und grinste den Kriminalbeamten verschmitzt an.

Rottmann zog erstaunt die Augenbrauen in die Höhe.

Ernst geworden, fuhr der Mann fort: „Wissen Sie, Heiligabend ist der einzige Tag im Jahr, wo ich es da draußen nur schwer aushalten kann. Die meisten von uns besaufen sich sinnlos, um den Tag zu überstehen." Er rutschte etwas unruhig auf seinem Stuhl hin und her.

„Als ich sah, dass dem Conni das Tragegestell von diesem Sattel auf den Kopf geknallt ist, hatte ich schlagartig eine Idee. – Wissen Sie, ich war früher schon mal im Knast über die Weihnachtszeit. Da ist es warm, man kann duschen und, was ganz wichtig ist, es gibt immer ein besonders gutes Essen.

Außerdem ist man nicht alleine. Sie machen dann immer Programm, weil sie Angst haben, die Häftlinge werden schwermütig und tun sich was an."

Er warf Rottmann einen Blick zu, der um Verständnis bat.

„... ich habe dann sofort bei der Polizei angerufen. Ich hab dann schnell eine Flasche Schnaps aufgemacht, einen ordentlichen Schluck genommen und dann die Flasche auf den Boden geschlagen. – Den Rest kennen Sie."

Rottmann erhob sich und marschierte im Zimmer auf und ab. „Sie wissen, dass Sie heute noch einen Haftprüfungstermin vor dem Ermittlungsrichter haben? Wenn der hört, was tatsächlich vorgefallen ist ..."

Der Legionär sah Rottmann mit treuherzigem Dackelblick an. „Was wäre denn ... wenn Sie beispielsweise die Aussage von Conni erst nach den Feiertagen aufgenommen hätten ..."

Rottmann funkelte den Mann an. „Was fällt Ihnen ein! Sie denken doch nicht ..."

Der Legionär zuckte mit den Schultern.

Wenig später wurde er wieder abgeführt.

Der Haftprüfungstermin fand einige Stunden später im gleichen Besprechungszimmer in der Justizvollzugsanstalt statt. Anwesend waren der Richter, Rottmann und eine Protokollführerin. Der Legionär wurde vorgeführt.

Nachdem der Richter die Formalien verlesen hatte, erklärte er: „Nun, Herr Knoblauch, nachdem der von Ihnen niedergeschlagene Wirt nach Aussage des Leiters der Mordkommission noch nicht vernehmungsfähig ist und Sie bei Ihrer Aussage bleiben, werde ich gegen Sie Haftbefehl erlassen müssen. Sie haben keinen festen Wohnsitz, außerdem steht ein Kapitaldelikt im Raum."

Er sah den Legionär streng an. „Haben Sie noch etwas zu Ihrer Entlastung zu sagen?“

Der Beschuldigte schüttelte nur mit dem Kopf.

„Gut, dann können Sie den Mann wieder abführen.“ Er gab dem Gefängnisbeamten einen Wink mit der Hand.

Der Richter, die Protokollführerin und Rottmann verließen die Justizvollzugsanstalt gemeinsam.

Der Geruch von gebratenen Hähnchen erfüllte die ganze Haftanstalt. Rottmann konnte sich gut vorstellen, dass dem Legionär im Augenblick das Wasser im Munde zusammenlief.

Erich Rottmann erhob sich von der Couch. Öchsle umtänzelte ihn erfreut. An der Art und Weise, wie sein Herrchen aufgestanden war, erkannte er, dass es jetzt nach draußen ging.

Rottmann kleidete sich an und benutzte zur Feier des Tages auch Rasierwasser.

Wenig später war er auf dem Weg zu Elvira.

Damals, als er den Legionär wider besseres Wissen in Untersuchungshaft sitzen ließ, hatte er, Rottmann, den Heiligabend alleine verbringen müssen. Er war nicht böse, dass das heute anders war.

Mit auf dem Rücken verschränkten Händen und eine dichte Rauchwolke hinter sich lassend, marschierte er am Main entlang. Öchsle sprang freudig um ihn herum.

In der *Schoppenfetzer*-Reihe von Günter Huth sind bisher folgende Bände im Buchverlag Peter Hellmund erschienen:

❶ *Der Schoppenfetzer* und die Silvanerleiche
ISBN 3-9808253-2-9

❷ *Der Schoppenfetzer* und der Tod des Nachtwächters
ISBN 3-9808253-4-5

❸ *Der Schoppenfetzer* und das Rotweingrab
ISBN 3-9808253-6-1

❹ *Der Schoppenfetzer* und das Riesling-Attentat
ISBN 3-9808253-8-8

Buchpreis jeweils 9,– Euro [D] | Die Bücher erhalten Sie in Ihrer Buchhandlung.

Bibliografische Information der Deutschen Bibliothek
Die Deutsche Bibliothek verzeichnet diese Publikation in der Deutschen Nationalbibliografie; detaillierte bibliografische Daten sind im Internet über http://dnb.ddb.de abrufbar

1. Auflage 2006
© 2006 Echter Verlag, Würzburg

Gestaltung
Peter Hellmund, Würzburg

Druck und Bindung
Clausen & Bosse, Leck

ISBN 3-429-02813-2 | 978-3-429-02813-8